十月の悲雨

椎葉乙虫

Jugatsu
no
Hisame

Shiiba Otomu

目次

カバー装画　岩崎英二

十月の悲雨《ひさめ》

第一章　十月五日（火）

1

十月五日（火）、夕方の五時半頃からぱらつき始めた雨は、小ぬか雨のまま降り続いていた。九時少し前、佐久間卓也は肌寒い雨のなかを仕事場からマンションに戻り、部屋のドアーを開けようとした。丁度その時、誰もいない部屋から電話のコール音が響いた。靴を脱ぐのももどかしく中に入り、受話器をとりあげると、暫くぶりの伯父の声が響いてきた。

「近頃どうしているのかと思ってな。相変わらず建築現場へ出ているのか？　実は今月末に朋代の三回忌をしようかと思っている。早いもんだなぁ、母さんが逝ってからもう二年が過ぎてしまったんだな。その相談もあってな、明日にでも仕事の帰りにうちに寄れないか？」

「父さんゴメン、あまりそっちに行かれなくて……、明日も少し遅くなるんだ、今頃の時間なら大丈夫だけど」

「そうか、すまんな。早いところ卓也がウチの会社に来てくれると助かるんだけどな。じゃあ明日は待っているからな。それから、お前も車の運転には気を付けなよ。今、帰宅する途中に家の直ぐ側で凄《すご》い事故を見てしまったんだ。運転していた若い男はすっかり慌てて、怪我した若者を車に乗せて、病院に走って行ったよ。気の毒にな、あの若者、雨で良く見えなかったのかなぁ」

「人身事故？　怖いなあ。雨の夜はライトの光が路面で反射して、ホント見辛くなるからなあ。僕も気を付けるよ。買ったばかりの車、大事にしなくっちゃね」

「そうだったな、車の調子はどうだい」

「バッチリさ。伊豆あたりまで、ドライブでも行かない？」

「あの車、内部は狭いんじゃないか？　乗り心地悪そうだしな、遠慮しとくよ。他に隣に乗せる人居ないのかい、寂しいなぁ」

「そのうちに見つけるよ。じゃ、明日……」

「ああ、明日は和代さんはいないから、飯は済ませてきてくれ」

　卓也が物心の付いた頃には、既に伯父の修蔵を〈父さん〉と呼んでいた。卓也の父親である修次は、佐久間家の次男だった。横浜の街で代々続いた佐久間組を〈株式会社佐久間建設〉と改めた兄の修蔵を助け、修次は新会社をもり立てていた。だが、一粒種の卓也を残して若くして夫婦で先に逝ってしまった。二十四年前のことだ。知人の祝いの席に呼ばれて深夜帰宅する途中に、酒酔い運転の大型車に突っ込まれての事故死だった。たまたま風邪をひいていた卓也を兄嫁に預けて出かけたため、当時三歳だった卓也は一人残されてしまった。その後、修次の一人息子を引き取って、大学まで出してくれたのが修蔵夫婦だ。自分の娘二人と分け隔てることなく卓也を育ててくれた伯母の朋代も、二年前の秋に肺癌で亡くなっている。反対を押し切って、男の元に行ってしまった娘の佐枝への心痛もあったのか、五十六歳という年齢はあまりにも若く、呆気ない死に際だった。

翌日の六日（水）、約束どおり卓也が富士見町の佐久間邸に着いたのは、午後九時五十分だった。その日末娘の知美は贔屓《ひいき》にしているグループのコンサートに出掛け、帰りが遅くなると言っていた。そのうえ、家政婦の打田和代は、年に一度の楽しみと、朝から友人たちと一緒に泊まりがけで旅行に出かけて留守だった。伯父も来客の予定があるから早めに外で食事を済ませて帰ると言っていた。

卓也は担当しているビル建設が基礎工事を終えて鉄骨組みの工程になっていたため、時間に追われ夜遅くまで工事現場にいた。その仕事場を九時に出ると、そのままダークグレーの愛車で佐久間邸に向かい、途中のファミレスに寄って食事を済ませた。

佐久間邸は最寄りの駅から徒歩で十二～三分、駅前の商店街を抜けた住宅地の中程に位置している。その界隈では一番古い部類の佐久間邸は、終戦後先代の社長がいち早く焼け跡に建てた洋館だ。当時は日本の全土が戦後復興の最中《さなか》で、あちこちにバラックが建ち、ヤミ市が栄える時代だった。文字通り富士が見える町にモダンなお屋敷が現れたということで、その当時の市内では話題になった建物だった。それも六十余年を経た今では、うっそうと茂った木々に囲まれる古びた屋敷でしかない。市の中心部に程近いその住宅地では大きな屋敷が次々に壊され、敷地が細分化されて近代的な明るい住宅に立て替えられていた。そんな中で佐久間邸は、緑濃い屋敷として残された、僅か数軒のうちの一つになっていた。

佐久間邸に着いて車を裏の駐車スペースに入れた卓也は、屋敷の脇を抜けて玄関に回る小径を進んだ。建物のあちこちから曇りガラスを通した白熱球の灯りが漏れている。伯父は既に戻っているようだ。ひと月ほど来ないうちにすっかり秋らしくなったのか、通り過ぎた木陰から金木犀の香りが卓也を追って来た。卓也はその強すぎるほどの甘い香りに、足を緩めた。子供の頃からずっと育ってきたこの古い屋敷に、ほっとするものを感じたのだ。表に回った卓也は、玄関チャイムを鳴らすとそのまま重いドアーを引いて、三和土《たたき》に入った。何時《いつ》もいるはずの居間を覗いたが、電気がついたままのそこには伯父の姿はなかった。「父さん」と声をかけながら玄関の方に戻った卓也は、隙間から灯りの漏れていた応接間の扉を開けて中を覗いた。

センターテーブルを挟んで革の肘掛け椅子が四脚並べてある。その奥の椅子に、伯父は仰《の》け反《ぞ》って天井に顔を向けた格好で座っていた。卓也は、伯父がシートに凭《もた》れかかって寝込んでしまったと思った。テーブルには茶托にのった湯飲み茶碗が二客と急須、それに灰皿が置かれていた。

卓也は、誰か来ていたのかなと思いながら伯父に近寄っていった。少し肌寒な夜、こんなところでうたた寝をしていると風邪を引くからと、起こすつもりだった。伯父の脇に寄った彼は声を掛けようとしてふと伯父の顔を見て、顔色の悪さやその形相に違和感を覚えた。彼は、肘掛けに乗っていた伯父の手の甲に触れて、揺するようにしながら呼んだ。だが伯父は返事をするでもなく、動く気配もない。青白い顔をした伯父の身体からは、異常なほどの冷たさだけが彼の手に伝わって来た。

卓也は眼を閉じたままピクリとも動かない伯父の顔を屈んでよく見た。と、頭の後ろから血が出ている。傷を確認しようと椅子の後ろに回ろうとした卓也は床に目を落とした。

どす黒い血のような物に混じって白っぽい汚物が絨毯の上に散っていた。卓也は、その汚れを避けながら椅子の後ろに回り込んで背もたれに乗っている伯父の後頭部を見た。覗き込む迄もなく、伯父の後頭部は割れて大きくへこんで、まるで壊れているようだった。血の塊のような物が髪の毛のあちこちにこびり付いていていた。

思わず手を引き息をのんだ卓也は「和代さん……、和代さぁん……」と居間の方に大声で叫んで、今夜は屋敷内には他に誰もいないことに気が付いた。

卓也は慌てて居間に駆け込んで、隅に置いてある電話で一一〇番に通報した。

たまたま近くをパトロールしていたのか、ものの三分もしないうちに一台のパトカーが駆けつけ、門の前に赤灯を付けたまま止めた。車から飛び出した二人の警察官は玄関に走り寄り、中に飛び込んできた。声を掛けるまでもなく、上がり框《がまち》に心持ち口を開けて呆けたような格好で卓也が突っ立っていた。

卓也は駆け込んできた警官の顔を凝視したまま、黙って応接間の方を指し示した。先に走ってきた若い方の警官は、靴を脱ぎ捨てると卓也の指さす方に急いだ。開けっ放しになって灯りの点いた部屋を覗き、振り返って卓也に言った。

「この部屋だね。中のものに手を付けてないだろうね」

「…………」

声も出ずにうなずくだけの卓也の脇を抜けて、中年の警官が応接間の中を覗いた。入り口から首を突っ込んで部屋の様子を確認していたが、やがてその警官は中に入っていった。殺害された修蔵の遺体を確かめたあと、その警官はハンディ無線機で所轄の本部に状況報告を入れた。

「被害者はこの家の主人らしく五十過ぎと思われる男性で、後頭部を割られ辺りの床に脳髄と血が飛び散った状態です。遺体のある場所は自宅の応接間で、現状は荒らされた形跡は見当たりません。第一発見者はこの家の関係者らしい若い男性で、現在ここにおります。まだ事情聴取は行っておりません」

無線で本部とのやりとりをしている最中に、次のパトカーが着いたのか、また二人の警官が玄関に現れた。

その後三十分もしないうちに、集まってきた刑事や鑑識官たちで屋敷は騒然となった。いち早く到着した捜査員から二、三の質問を受けた卓也は、彼らの動きをただ突っ立って見ているだけだった。ひと当たり現場を見終わったのか、後から来た少々太り気味の四十歳前後の刑事が卓也を居間に呼んだ。脇に若い三十歳そこそこと思われる刑事が付いていた。中年の刑事はダイニングのテーブルに向かい、椅子を引き出して座ると卓也も座るように促した。それはまるでこの家の主《あるじ》のような仕草だったが、卓也は素直に従い向かい合わせに席をとった。グレーの背広に紺地のネクタイというその刑事は、黒い手帳のような物を出しながら言った。

「神奈川県警・南町警察署の刑事課に勤務する守口警部補です」

手帳の様な物は二つ折りの身分証明証だった。刑事はそれを卓也に見せ続けていた。

「先ず君のことから聞こうか、名前と年齢、それに職業と……」

「佐久間卓也・二十七歳・西島建設の横浜支店に勤めてます」

「現住所を教えてくれないかな、それと電話番号とね」

「住所は市内のY区のマンションです。電話は……」

「そうか、それじゃ次に被害者のことを教えてもらおうか」

「被害者は僕の伯父にあたる人で、佐久間修蔵です」

「職業と年齢……」

「たしか今年六十一歳になったと思います。株式会社佐久間建設の代表取締役です」

「本人に間違いはないね、君との関係は？　被害者の家族は？　君は今日、どうしてここにきたの？　何時頃？」

守口刑事が卓也から立て続けに聞き取ったことを、若い刑事が手帳に記入していた。守口刑事の口調はややゆっくりのもので、のんびりと世間話をしているという風にも見えるほどだった。

2

何も知らない知美がコンサートから上機嫌で帰ってきたのは、十一時を少し回った頃だった。パトカーの赤色灯が派手に回り、数台の車が路上に止まっているのが遠くから見えていた。近づくにつれそれが自宅の周辺であることに気付いた。異状を感じながらなおも近づくと、それが自分の家であることが分かると、知美は奇異感から立ち止まってしまった。報道関係者と見られる人たちや近所から集まってきた野次馬で、門の辺りは人だかりが出来ていた。どこかのテレビ局がきているのか、すこし離れた場所でスタッフたちがコードを引っ張ったりライトを点けたりと走り回っていた。門の前には幅広の黄色いテープが張られていた。知美は意を決して、テープを潜って小走りで門を駆け抜けようとした。だが玄関の手前で制服の警官に阻止された。覗いて見ると玄関から屋敷内にかけて、所狭しと警官やポリスジャンパーを着た者たちが動き回っている。知美がこの家の娘だからと告げると、裏の入り口から入るように指示された。屋敷の脇を通り抜けて裏に回り、勝手口に立っていた警官に許可を受けてやっと家の中に入った。台所を抜けて居間にいた卓也の姿を見つけ、彼女は小走りに寄った。卓也の顔を見つめながら説明を求めた。

「卓ちゃん、これ……なんなのよ、どうしちゃったの？」

「知美、あのねぇ、父さん、死んじゃったんだ、殺されたんだよ」

「うっそぉ……！」

言葉も出ないようで、バッグを抱えたまま知美は突っ立っている。そんな知美を尻目に、数名の捜査官たちは応接間と玄関の間を引っ切りなしに動き回っていた。それを目で追っていた知美は、突然応接間に向かった。応接間で鑑識官たちの作業を見ていた刑事が、突進してくる知美に気づいた。刑事は知美の進入を、からくも部屋の入口で阻止した。

「今、入っては駄目です」

「だってお父さんが……、ねえ、お父さんこの中にいるんでしょ」

「今は入らないで下さい、後にして下さい、捜査が終わったら声を掛けますから、暫く待って下さい、お願いします」

そう言いながら、知美の後ろに見えた卓也に目で合図を送った。

　卓也は後ろから知美を抱えるようにして居間に連れて行った。椅子に掛けさせるとグラスに水を注いで彼女の前に置いた。バッグを抱えたままの知美は、空いた手でグラスを摑み一気に水を飲み干した。少し間があった、ふと気が付いたようにバッグをテーブルの上に置いた知美は、様子を窺っていた卓也に問い掛けた。

「お父さんが殺されたって、卓ちゃん、本当なの？　どうしてなの」

「まだ何も分からないんだ、十時近くに僕が来た時には、父さんはもう殺されていた」

「そんなのって、有りぃ……？」

　応接間から戻ってきた守口刑事は、知美を見つけると脇に寄って質問を始めた。

「お嬢さん？」

　だが知美の反応は鈍い。それを見て脇から卓也が代わって答えた。

「そうです、次女の佐久間知美です」

「一寸《ちょっと》話をさせてもらえるかな」

　テーブルを挟んで知美の前に腰を下ろした守口は、手帳を開きながら続けた。

「まず、年齢と職業を教えてもらおうかな」

　知美はテーブルから眼を上げた。じっと自分を見ている守口に視線を移して、やっと自分が問いかけられていることに気付いたようだ。彼女は状況をまだしっかり把握し得てないのか、ただ機械的に声をだしているかに見えた。

「二十二歳です。M女子大の英文科四年です」

「この時間まで、何処《どこ》で何をしてたのかな」

「え……、あぁ今までですか。友達の授業が終わるのを待って、それから三人と待ち合わせて、コンサートに行きました。終了したあとそのまま駅まで来て、三人で食事をしてから帰ってきたんです。お父さん、今日はお手伝いの和代さんがいないから、外で済ませるようにって言ってたから……」

「コンサートって……？」

「ゴールデン・サンダーです」

「ええっ」

「今人気のアーティストですよ、やっとチケットが取れたんです」

「なあんだ、俺はまた、食い物の話かと思った。それで、そのコンサートとやらは何処で、何時からだったの？」

「新横浜のアリーナで七時からです」

「終わったのは何時だった？」

「九時です、でも会場の外に出たのは九時半頃でした」

「それから友達三人と食事をしたんだね」

「横浜駅まで戻ってチェーン店の居酒屋風の店でお喋りしながらです」

「そうですか、それではお父さんのことだけど……」

守口刑事は普段の修蔵の生活や、交友関係や近所の付き合い、妻を亡くした後の変化などを質問した。外での女性関係など気が付かなかったかと食い下がっていた。だが、修蔵が会社から帰宅する時間は何時も遅くなってからのことが多く、休日もゴルフに出かけたりで殆ど家にいなかった。そう言う知美自身も友人達と外で過ごすことがよくあって、早い時間に帰宅することはあまりなかった。それでも授業のない日などは家にいるときもあったが、家政婦の和代と二人きりのことが多かった。

守口の質問に、知美はあらためて父親の事を考えようとしたが、彼の日頃について殆ど何も知らない自分に気が付いた。

「で、今朝はお父さんと顔を合わせた？」

「ええ、今日は和代さんが珍しく出かけるというので、朝一緒に食事をしたあと、父と二人で和代さんを送り出しました。そのあとは父が会社に出かけて、八時十分でしたか……。今日は私、授業がない日なので、午前中家にいて雑誌を見たりして、午後から出かけました」

「朝、お父さんは何か言ってなかったかなあ、今晩誰かと会うとか、誰かが訪ねてくるとか……」

「いいえ、特には何も言ってなかったと思います。和代さんがいないから、それぞれ夕食は外で済ますようにって、私が言いました……、えっと父が私に言ったのかな？　他になにも……、ああそうそう、今晩は卓ちゃんが来るからって言ってたっけ。私が居間でテレビを観ていたら『じゃあ行ってくるよ』って。私、ちゃんと行ってらっしゃいって言わなかったわ。あれがお父さんと最後だったなんて……」

父の死がようやく実感として受け止めることが出来たのか、知美は声を詰まらせ最後には言葉にならなくなっていた。卓也は涙をテーブルに落としている知美にハンカチを手渡して、肩に手をのせてぐっと握りしめた。そしてなおも聞きたそうなそぶりの警部補に目で合図を送った。

「それじゃあ、知美を二階に連れて行きます、良いですよね」

「OK、でも君にはまだ聞きたいことがあるから、直ぐ降りてきてくれないか」

卓也は左手に知美のバッグを持ち、右手で彼女の肩を抱えるようにして二階に上がった。彼女を部屋に連れて入り、ベッドに腰掛けさせて卓也は無言のまま暫く側に立っていた。

「ねえ卓ちゃん、今晩はここに泊まっていってね。私、何だか一人きりでこの家にいるのは怖いわ」

「分かった、今夜は和代さんがいないからね。それじゃ刑事との話があるから、もう下に行くよ、一人で大丈夫だね」

「刑事さんの用事が済んだら、また上がってきてね」

下に降りて行くと、守口刑事は鑑識たちと何やら頻りに話していたが、卓也に気が付いて二階を指さして心配げな顔つきを見せた。

「どうだいお二階さんの様子は、少しは落ち着いたようかね」

「あまりにもショックが大きかったんじゃないですか、ふさいだままです。二年前に母親もなくしてますからね」

「そうか、もう少しあんたから話を聞こうかと思ったけど明日にするか。あんたは二階のお嬢さんの面倒を見てやってくれ。明日は朝から南町署に来てくれるかな？」

「会社に連絡して、何とかします」

「じゃあ、十時頃に私を訪ねて来てくれ。あそうそう、さっきから電話が鳴り続けていたんだけど、コードを抜いておいたから……。どこかの民放がテレビのニュースで流したんだろう。会社の社長さんが亡くなったんだ、それを知った関係者から確認の問い合わせが殺到しているんだろうなぁ」

　とりあえずその日は警察の取り調べから解放された。十一時四十分だった。

　明日は第一発見者ということで、重要参考人として任意出頭を要請されたことになるのか。そう思いながらも、台所でお湯を沸かし紅茶を入れて、トレイに乗せて二階に運んだ。知美は気の抜けた状態のまま、ベッドの上に座り込んでいた。卓也は紅茶をトレイごと机に置きながら知美に聞いた。

「父さんの会社の誰か、連絡先知っている？　専務さんとか総務部長さんとかの自宅の電話番号

「……」

「私、知らないわ。でもお父さんの携帯電話を見れば分かるんじゃないかしら。何時も手帳を持っていたから、それにも書いてあるかも知れないけど……、でも何で？」

「早く知らせなければ、明日からの段取りもあるから、それから佐枝さんにもね」

「そうだ、私、姉さんのこと忘れてた」

知美はあわてて携帯電話を取り出して姉の家に電話をしていたが、なかなか繋がらないようだった。知美は佐枝の携帯にかけ直したが、そっちもだめだった。

「家に電話しても出ないの、携帯にも出ないし。コールしているのに、おかしいわね。何処に行ったのかしら、寝込んでしまって聞こえないのかなぁ」

佐枝というのは佐久間修蔵の長女のことで、知美より七歳上の姉だった。佐枝は三年前に親の反対を押し切って、富永忠好と駆け落ち同様にして結婚してしまった。家を飛び出して市の西部地区でアパート住まいを始めて、今もそこで暮らしている。

修蔵はその佐枝と知美のどちらにも、自分の会社を継がせるような男と結婚させたかったのだろう。だが佐枝は修蔵のそんな思いを嫌ってか、街で知り合った青年との恋にひたむきに突っ走ったのだった。だが代々続いた佐久間建設への修蔵の執着には根強いものがあった。

自分の子供として育てた甥の卓也も、大学は建築科に進ませた。そして修業の意味から彼には大手ゼネコンに就職させ、数年後には佐久間建設に引き入れるつもりでいた。そんな伯父の気持ちもさることながら、卓也は若くして亡くなった父親の遺志のつもりで伯父の意向に従っていた。

その晩卓也は佐久間邸に泊まることにした。もともと大学を卒業するまで卓也が使っていた二階の奥の部屋は、今も以前のままになっている。だからこれまでも年に何度か伯父に顔を見せに来てはその部屋に泊まっていた。卓也は大学を卒業し、そのまま東京に本社のある西島建設に就職して、会社の独身寮に入った。とはいっても、研修・長期出張と一っ所に居る間は殆どなかった。そして昨年やっと横浜支店勤務となり、職場近くに部屋を借りて移ってきたのだった。

その時、元のように佐久間邸に戻るように伯父は勧めた。だが卓也の勤める西島建設は大手ゼネコンの立場から、佐久間建設を下請けとして仕事を委託することが良くあった。卓也としては伯父の会社との癒着を取りざたされるのも嫌だったし、一人での生活を続けたくもあったことから、賃貸マンションに決めたのだ。とはいえ仕事柄忙しい毎日で、部屋には殆ど寝に帰るだけの日を送っているのが実情だった。

日付が変わり、十月七日の午前〇時半、卓也は知美の部屋をそっと覗いてみたが、疲れ果ててしまったのか彼女は既に眠りについたようだった。一階では鑑識の仕事も一通り終えたようで、現場保存の為の警官を残して皆引き上げて静かな夜に戻っていた。掛かってくる電話すらない……、そうだ刑事が電話のコードを抜いたとか言ってた、卓也はそのことを思い出した。卓也は電話機を確認しに一階に降りていった。確かに電話のコネクターが抜けていたが、電源は抜いてなく、ディスプレイに現在の時刻が表示されていた。卓也は着信履歴に切り替えて見た。最後に表示されていた番号は045から始まる市内の番号で、19：52となっていた。卓也は番号を控えると、次に発信履歴に切り替えた。すると、表示された最後の番号は受信欄と同じ番号で、20：06となっていた。

伯父は、七時五十二分に受けた相手に、十四分後に折り返し電話を掛けたんだろうか、そして電話を掛けた後直ぐに殺されたのか？　あの番号は誰だろう。疑問に思いながら二階に上がっていった。そっと部屋に戻りベッドに入ったが、なかなか寝付けなかった。こんなことならもっと早く、卒業して直ぐにでも佐久間建設に入って、伯父を安心させてやれば良かったと悔やまれてならなかった。

同じ頃南町署では、刑事たちが大部屋の布団の中で横になっていた。守口刑事もその中の一人だったが、南町署の管内では何年ぶりかの殺人事件だけに、寝付けないままあれやこれやと思いを巡らせていた。

検死官が述べたその場での見解では、角のある堅い物で背後から数度殴られたことが直接の死因ということだった。〈強い撲打により脳髄が飛び散るほど頭蓋骨が陥没し、脳挫傷を起こし死亡した。死亡推定時刻は午後八時前後と見られる、なおそれ以上の詳しい事柄は解剖の結果を待つ〉という内容だった。

被害者の日頃の事情に詳しい家政婦の打田和代は、外出したまま連絡がとれなかった。携帯電話にも出なかった。その日彼女は仲の良い友人たち三人と一泊の予定で旅行に出かけたという。行き先のことは伊豆の温泉というだけで、知美は詳しくは聞いていなかった。そのあたりのことは死んだ修蔵が聞いていたのかも知れなかった。

　和代は先代の社長が存命だった頃屋敷にいた数人の女中たちのうちの一人で、今年五十二歳になるはずだという。先代が亡くなった十五年ほど前、もう女中を置いておく時代でもあるまいと、全員辞めてもらうことになった。だが行き場のなかった彼女だけはと、和代を気に入っていた修蔵の妻・朋代の意向もあって、和代はそのまま佐久間家に残った。それ以来彼女は現在に至るまで離れの小部屋で寝起きして、佐久間家の世話になっていた。二年前に朋代が病で亡くなった後は、佐久間家の家事一切を彼女が仕切るようになった。その和代は、今日七日の夕方までには旅行先から戻って来るはずだという。詳しい事情がつかめるのはそれからになるだろうと、担当の刑事たちは見ていた。いずれにしても事件が動くのはそれからか、守口はやっと寝付けそうな心地になった。

3

十月七日（木）、神奈川県警南町警察署に佐久間修蔵殺人事件の捜査本部が設立された。前夜のうちに手配りが済ませてあり、朝の九時には本庁捜査一課の課長以下一班《ひとはん》の刑事たちが南町署の大会議室の捜査本部に集合していた。そして当の南町署の刑事たちは勿論のこと、昨夜から動いている機動捜査隊の面々を含めて、百名近い人数での捜査会議が催された。

まず南町署の刑事課長から事件の概要と昨夜からの捜査の経過が報告された。続いて鑑識からの報告があった。被害者は佐久間修蔵・六十一歳、死亡推定時刻は昨夜六日の二十時を中心とする三十分の間、すなわち十九時四十五分から二十時十五分の間と推定された。死因は角のある堅い鈍器のような物で数度（三、四回）に渡って強打されたものと思われる。その結果、頭蓋骨骨折・脳挫傷・大脳飛散に至り死亡、即死だったと推測される。現場周辺からは凶器らしき物は発見されていない。鑑識からの発表に会場は若干ざわめいたが、引き続き室内の状況や確認された指紋などの報告があった。残されていた指紋については、照合を急いでいると言われた。

引き続いて、当面の今後の捜査方針が、本庁一課の課長から説明された。第一回目の捜査会議は手早く済まされ、捜査官たちは全員が現場付近の聞き込みに向かった。そして十時少し前には、昨夜のうちに呼び出しをしておいた佐久間卓也が、守口警部補を訪ねて出頭してきた。

　早速、本部捜査一課の大森警部が、取調室で卓也の事情聴取を始めた。呼び出した当の守口も立ち会った。大森が質問する内容は、昨夜守口が調べた内容とほぼ同じことの繰り返しだった。だが第一発見者である卓也に対する取り調べはかなり強引で、ややもすると参考人としてではなく容疑者に対するような厳しい口調であった。

　大森は昨夜七時以降の卓也の行動を、事細かに念をおして聞き取った。大森はその卓也の供述の裏を取るように、守口に手早く指示した。守口は出かけたばかりの若い刑事二人を無線で呼び、直ちに卓也の昨夜の動きを確かめるように指示を出した。その大森は、卓也と被害者修蔵との関係や近頃の二人の付き合い状況などを、容赦なく責め立てる様にして聞き質《ただ》していた。

　所轄の守口は本庁の取り調べの厳しさは知っていたのだが、その詰め寄る様子を見て自分が参考人として呼んだ手前卓也を庇《かば》うような気持ちにもなった。本庁の刑事が卓也に何度も同じ事を問い質すのを脇で見ていて、つい口を挟んでしまった。

「そのことは、昨夜私が何度も聞き取ってありますが……」

「君は黙っていてくれないか。この場は私が仕切っているんだから、邪魔するならここを外してくれ」

　守口は睨まれてしまった。自分より五つ六つ若そうな一課の刑事が高飛車に物を言うのに、守口はむかっ腹がたった。なにもそこまで言わなくても良いじゃないか、まるっきり形無しだと下唇を噛んだ。これから先この小生意気な大森と行動を共にしなければならないのかと、気の滅入る心地だった。だが所轄の身の上である自分の立場を思うと、ただ黙って指示に従う以外に方法はないと、守口は突き上げてくる憤懣《ふんまん》を押さえるのだった。それに聞くところによると、この大森刑事はついこの前の警部への昇進試験に合格したばかりだそうだ。近々係長もしくは主任になるだろう。出世街道まっしぐら……。それは階級からみて警部補の守口より一階級上、警察内のランクでは数段上になることを思えば、大森の高慢なまでの態度も仕方のないことなんだと、抵抗を諦めた。守口は、今までも何度か本庁の刑事と仕事をした経験はあった。それでもこれほどまでに違和感を覚えたことはなかったように思う。今回相方《あいかた》に決められたこの大森刑事は、いかにも自分勝手な性格が見え見えの人物だ。確かに警察というところは犯人を挙げてなんぼの世界には違いない。だが、己の成績のみに汲々としたような仕草はいただけない。本庁には一流の大学を卒業して任官し、昇進試験にパスし続けるような警察官がかなり居ると聞いている。守口はこの相棒となる刑事がそんな人物でないことを祈るしかなかった。

捜査本部では、第一発見者の佐久間卓也を容疑者の一人としていた。まだ捜査は開始されたばかりだったが、すでに聞き込んできた情報によると彼の生活は伯父の修蔵に依存しきっているように見えていた。いかに給料の良い大手建設会社の社員とはいえ、入社後まだ四～五年ではそう高給を取っているはずはない。にもかかわらず彼は三百万円以上もする車を乗り回している。着ているものも安物には見えない、そんな卓也には金銭的なトラブルがあったのではないかと疑って見た。

鑑識の言っていた死亡推定時刻は、昨夜の八時前後だった。それは第一発見者である卓也が通報してきた九時五十五分とは一時間半近く開きがあった。そして仕事をしていたという建設現場を八時三十分に出て、途中ファミレスで簡単な食事を取って九時五十分に佐久間邸に着いたという彼の言い分には、一応信憑性があった。

死亡推定時刻の八時前後には卓也はまだ仕事中だったという建設現場、途中に立ち寄ったと卓也の供述しているファミレスなどに若い刑事たちは走っていた。

二時間ほど後、その供述の裏を取ったとの報告を受けた大森刑事は、そのまま卓也を留め置いても意味がないと判断し、一応疑いは晴れたものとして帰宅を許可した。立ちあがりかけた卓也に、一課の大森刑事は言い置いた。

「君の佐久間修蔵殺しの容疑が晴れた訳ではない。あくまでも君は容疑者なのだから、遠くへは許可なしには出かけないように、分かったね」

卓也は十二時を十分ほど過ぎた頃になってやっと取調室から解放された。廊下まで出てきた心配顔の守口刑事に見送られながら、彼は一階へ降りる階段に早足で向かった。卓也の胸の内は、伯父の亡くなった悲しみよりも、自分が伯父を殺害したと疑われていることへの憤りのほうが大きくなっていた。

南町警察署の一階に降りて玄関近くまでさしかかると、卓也はすぐに携帯電話を取り出し知美に連絡を入れた。彼女が事件のあった家で、たった一人で滅入っているのではないかと心配したのだ。だが、知美は意外に元気な声で電話に出た。今朝早くから佐久間建設の総務課長が来てくれていたとのことだった。そのうえ九時を過ぎると社員たちが次々と現れ、ひっきりなしにかかってくる電話の応対やらなにやらを、てきぱきとこなしているようだった。知美は今朝、目が覚めた時にはどうしようかと心細かったけど、それで救われた気持ちになったと言っていた。そして何よりも知美を力付けてくれたのは、担当している建設現場から北村晴夫が駆けつけてくれたことだった。彼が知美の側に来てくれたことで、卓也の心配は薄らいだ。

北村は卓也より一歳上の二十八歳だった。修蔵社長の友人の息子で、学生時代から佐久間の家を何度か訪れたりしていた。その当時はまだ高校生だった卓也も数回会ったことがある。北村は東京にある大学の建築科を卒業すると、直ぐに佐久間建設に入社した。入社以来頻繁に佐久間邸を訪れていた北村は、丁度受験を控えていた知美の勉強を時折見てやっていた。以来二人は少しずつ思いを暖め、修蔵も北村なら知美の相手に不足はないと、二人の間を見守っていたのだ。その北村が知美の側に来てくれたことで、卓也の心に安堵感がひろがった。

携帯電話を切って歩き出した卓也は、そこに思いがけない人が立っているのを見た。横浜支店で同じ部に所属している女子事務員の竹原彩香だった。彼女は正面玄関から出てくる卓也を見付けると、急ぎ足で近寄ってきた。外の眩しさに目を細めながら彼女を見た卓也は、意外な所で会う会社の同僚に軽い驚きを覚えた。

「あれ、竹原さんどうしてここに……？」

「大丈夫だった？　疲れたでしょ。係長が佐久間さんの様子を見てこいって言うものだから……」

　彼女は自分から係長に言い出したに違いない、と思いながらも卓也はその言葉を飲み込んだ。彼女は卓也より一歳年上であることを意識しているわけでもないだろうが、彼には何時も姉さんぶったそんな調子で接していた。それに、短大卒で入社した竹原は横浜支店に八年勤務して、支店に二年目の卓也にとっては大先輩ということになる。彼女の世話好きは、彼女が三人姉弟の長女という立場からきた性格なんだろうかとも思った。

「ありがとう、捜査一課の刑事ってきついね、結構強い口調で同じことを何度も聞くんだ。あれにはまいったよ、いいかげんうんざりだ」

「ひどい目に遭ったわね、昨日《きのう》から大変なこと続きね。係長も心配していたから、昨日からの出来事を報告しておいたほうがいいわよ」

「ああ、これから会社に行って夕べからの事件を全部説明するよ。それより竹原さん、こんな所まで来て仕事の方は大丈夫なの？　溜まってるんじゃないのかい」

「大丈夫、一寸残業すれば直ぐに取り戻せるから」

二人はそのまま会社に向かうことにして、最寄りの駅まで十四〜五分ほどの道のりを話しながら歩いた。すでに十二時半近くになって昼食時だったが、卓也は朝から食欲がないままだった。それでも竹原に何かお腹に入れておかないとダメと促されて、駅の側の蕎麦屋へ入りたぬき蕎麦でなんとか昼食を済ませた。


そのころ南町警察署では佐久間卓也を帰した後、午後から捜査の打合せをしていた。その予定を確認しながら、卓也の事情聴取にあたって不満顔をしていた守口に、一課の大森警部が小言を呈した。

「殺人事件の場合、第一発見者が容疑者であることが多い。しかも佐久間卓也は被害者にごく近い身内の者だ。物取りによる犯行でないからには、身内による犯行を一番に考慮しなくてはならない。君たち所轄では分からんだろうが、それが捜査の常識。卓也は当然容疑者の一人なんだ」

頭ごなし、上からの目線でそう言った大森に、守口はまたしても反発を感じた。確かに教科書から言えばそうなるだろう。だが現場では必ずしもそうではないのだ、いや、むしろそうではない場合が多いのではないか。身内が殺害されて心が萎えきっている若者に、少しは労る心が涌かないのかと、彼に反発を覚えた。

南町警察署の刑事課に勤務している守口は、この地域に配属になってすでに永い。従って佐久間の家のことは以前から聞き及んで承知していた。その佐久間家に悪い噂はなかった、というより先々代から続く地元の名士としての佐久間家は、むしろ評判は良かった。そして守口は卓也当人のことも佐久間家の家族として見ていた。だから今度の事件については佐久間家や卓也に対して、幾分ひいき目に見ていた傾向があったのかも知れない。そのうえ所轄の刑事たちは、普段から一課の刑事に良い感情は持っていない。そんななかで満更知らない訳でも無い卓也が、犯人でもないのにきつい言葉で責め立てられている。それを側で見ていた守口の胸の内には、同情心の芽生えがあったのかも知れない。

そして卓也が帰されたあと直ぐに、捜査本部がざわめきたった。十二時十五分過ぎのことだった。事件の発生現場周辺を聞き込みに回っていた捜査員から、新たな情報が報告されてきたのだ。

それは、佐久間邸の向かい側で三軒先に住んでいる主婦から得た証言だった。昨日の夜七時四十分の頃、主婦がたまたま回覧板を届けるために佐久間家に入って行った時のことだった。玄関脇の応接間の方から男の言い争う声が聞こえたのだそうだ。玄関チャイムを押してしまっていたので、主婦は間の悪さを感じながらも、そのまま暫く待った。だが間もなく玄関から顔を出した修蔵は、笑顔で挨拶をしていたとのことだった。——いつもはお手伝いさんが出てくるのに、その日はご主人が出たので少々驚きました。でもそのご主人が、あの後直ぐに殺されたなんて信じられません。本当に恐ろしいことですわね——と、その時のことをとうとうと話し続けていた。だが肝心なその言い争っていた相手については、中年男性のような太い声だったというだけで姿を見た訳ではなかった。覗いた玄関には紳士用の黒いフォーマルシューズが二足あったことを見てはいたが、他には何一つ分かったことはなかった。

それでも、被害者の死亡推定時刻の八時前後に極めて近い時間に、その佐久間家に来客があり、しかも被害者と言い争っていたということは非常に重大な情報だった。その人物が事件に関係している可能性は、大きいと見られた。捜査本部は色めき立ち、午後からの捜査会議を急遽取りやめ、全員その人物の割り出しに全力を傾けるように指示を出した。

4

一時過ぎに会社に戻った卓也は、そのまま係長の机に直行した。大凡《おおよそ》のことは聞き及んでいただろうが、係長は部下のことが心配でたまらないとでもいうように、矢継ぎ早に質問攻めにした。係長は仕事上何度も修蔵に会っていたこともあって、他人ごとではないのだろう。卓也は昨夜来のことを一部始終、事細かに説明した。話をする卓也の後ろで、竹原も感に堪えない様子でそれを聞いていた。

被害者が父親代わりの伯父なので、葬儀やその他のことで佐久間邸に暫く行ききりになるだろうからと、卓也は休暇願いを提出した。佐久間建設は卓也の勤める大手ゼネコンの西島建設とは深い繋がりがあった。公共工事などの大きな仕事は、佐久間建設を共同受注の形で下請として使うことが良くあった。その協力会社の社長の突然の不幸であれば、出来る限りの助力をしなくてはならない。身内や人の繋がりを大切にすることは、建設業界の習わしでもあった。それは他の業界からすれば、大仰にも見えるほどでもあったのだが。

「仕事の方は代わりを回しておくから、心配しないでいい。佐久間建設には十分に尽くしてやってくれ」

上司の係長は寛大だった。竹原を手伝いに使って良いから、人手が足りなかったら言ってくれ、とまで心配してくれた。

報告を終えた卓也は、その日はそのまま佐久間邸に向かうつもりで知美に連絡をいれた。知美はそんなに心配しなくても大丈夫と言ってはいたが、一人残された知美が気がかりなことには違いなかった。それに姉の佐枝も駆けつけてくれていることだろうからと思ってみた。だが朝からの知美の言葉の端々には、佐枝の事は一言も出てきていなかった。それより知美は、家政婦の和代が昼過ぎの十二時半に戻って来てくれたと明るい声で言っていた。和代は旅館の温泉で朝湯を使ってテレビを見てくつろいでいたところ、事件を報じたニュースが流れたのに気づいたとのことだった。主人の佐久間社長が殺害されたことに驚き、慌てて家に電話を入れたが話し中で通じない。知美の携帯に電話をしてやっと連絡が取れ、テレビの報道が事実であることを知った。

「和代さん、そう言ってたわ。それで早く帰ってきたんだって。朝早くから会社の人が数人来てくれているから大丈夫だ、ゆっくりして来てって言ったんだけど、結局帰って来てくれたの」

と、その電話で知美は言っていた。

卓也は佐久間邸はひとまず安心と、竹原と休憩室に入った。竹原の入れた熱いコーヒーを啜ると、朝からの緊張感も少し解《ほぐ》れたのか、軽い疲労を覚えた。スチール椅子の背凭れに寄りかかって、改めて昨夜からのことを思い返してみた。心配そうな目をして側に座った竹原に、事件の一部始終を反芻するように話して聞かせた。そうしながら、自分の中でもしっかりと把握しようとしていた。そしていったんは帰してくれたものの、警察はなおも伯父殺害の犯人と自分を疑っていることが気がかりだった。

「でもやっぱり、僕が疑われているんだな」

「第一発見者を疑え、って言うことは捜査の鉄則なんでしょ。それに佐久間さん、あなたは伯父さんからかなりの借金しているって言ってたわね」

「借金か、確かにそう言えばそうなんだ。バイトで稼いでいたとは言っても、大学へ入るときも大学時代も、ずっとお金に困ったことはなかったよ。今の会社に就職したときも、マンションの部屋を借りて家を出る資金を援助して貰っているしな」

「それに格好いい車に乗っている、あれも伯父さんに買って貰ったんでしょ」

「あれは、自分でローンを組んで買うつもりでいたんだ。去年の春、車が欲しくてカタログを集めたりして、知美とあれこれ話していたんだ。そしたら——自動車ローンは金利が高いから損だぞ、立て替えてやるからあとで少しずつ返しなさい——と父さんは言って、現金を出してくれた。それが結局は父さんから借金したことになってしまった。でもそれは父さんと僕と二人の間のことだからなあ」

「けれどそれを聞いた他の人は、そうは思わないかも知れないわ。そのお金の返済を迫られて、カッとしてあなたが伯父さんを殺《あや》めた……、なんて考える人だっているかもしれないでしょ」

「そうか、そう考えるのが普通なのかも知れないな。でも、本当、父さんを殺したのは誰だろう、とっ捕まえてぶっ殺してやりたいよ。あんな温厚だった父さんは、声を荒らげたりしたことなんか一度だってなかったんだ。人に恨まれることなんて絶対なかった人が、どうして殺されなければならなかったんだろう、悔しい」

「佐久間修蔵を殺害した動機が何なのかが分かれば、犯人が見えてくるかもしれないわね」

普段から推理小説を読みあさっている竹原は、ついそんな口調になってしまうのだろう。

「会社での様子は僕には分からない、案外恐い社長だったりしてね。でもそんなことで、殺されるほどの恨みをかうかな」

「犯人は鈍器のような物で背後からガツンと殴ったんでしょ。おそらくその辺りにあった何か堅い物を摑んで、後ろを向いた伯父さんに打ちかかったんじゃないかしら。そうだとすれば、犯人は予《あらかじ》め凶器を準備してなかったということになる。そのことから、この事件が計画的ではなくて、衝動的な公算が大きいと考えるべきじゃなあい？　それで、凶器はまだ発見されてはいないってことなのね？」

「ああ、警察はそう言う口ぶりだったよ。でもそう考えると、その犯人と父さんとの話が拗《こじ》れたとか、何かを頼みに来て聞いてもらえなかったとかしたのかな。そのことで犯人が追い込まれたか窮地に立たされたかして、カーッとしてその場で犯行に及んでしまったっていうことかい？　そう言えば応接テーブルには湯飲み茶碗が二客おいてあったっけ。あれは明らかに来客があったっていうことだ。その客が犯人なのかなぁ」

「そう考える方が一番無理のない推理でしょうね。でも、お茶を出された客はすんなり帰った、そしてその後に別の誰かが入れ違いに来て、伯父さんを殺害した……。それが佐久間卓也だ、と警察は見ているのかもしれないわよ」

「違うよ、絶対に……。そのころ僕はまだ工事現場にいたんだから」

「そうね、警察もそれは確認しているでしょうね。だから今日はすんなり帰してくれたのかもしれないわね。ということは、訪問客の帰った後に佐久間さん以外の訪問者が他にいて、伯父さんとの話が拗れて犯行に及んだと見ているのかしら」

「それとも犯人はその上を行って、そうと見せかけて実は前々から父さんの殺害を計画していたなんていうことは考えられないかい？」

「だったらもっと違った形をとって、強盗に侵入されたように見せかけるとかするんじゃないかしら。暗に強盗犯の姿を臭わせるような細工をして……」

「父さんが殺されたのは、まだ宵の口の八時頃のことだ。強盗が入る時間にしては少し早すぎないかな。それに、その時間帯では不意に誰かが現れたり、目撃されたりする危険性が高いだろう？　まだまだ世間の人たちは動いている時間だからね。やっぱり計画的な犯行じゃないね」

「でも実際はその時間には佐久間邸には伯父さんが一人きりだった訳でしょう。その日は伯父さんが一人になることを前もって知っていた人がいて、その機会を狙ったとしたらどうかしら」

「そのまま残されていた二客の湯飲み茶碗はどう説明すればいいのかな。それは父さんが、自分を殺害することになる人に出したものなのかな。それともその犯人の来る前に別の訪問者があって、その人のためにお茶を用意したのか。君が言ったように犯人は二人目以降の訪問者ということなのか。なんと言ってもまだ八時過ぎたばかりで、何人訪問者があってもおかしくはないだろうしな」

「そうね、その八時頃っていう時間帯が、案外重要なポイントになるのかも知れない。その時間でも不思議ではないことがあの夜にあったのね。でもその湯飲みは、当然警察が鑑識に回しているでしょうから、答えはすぐに出るわね。そこから指紋が検出されれば、訪問客は二人以上、指紋が拭き取ってあれば訪問者は一人だけ……。そんな考えってどうかしら」

「もとに戻るけど、やはり誰か訪問客があって、話が拗れて殺害してしまったと考えるのが妥当な線なんだろうね。物取りでもなく、初めから殺傷をもくろんで進入したのでもなく……」

「でもそこに他の訪問客もあったりすると、ことが複雑になって推理が難しくなるかもしれないわね」

事件への二人の憶測はその辺りまでで、暫く話が途切れた。コーヒーを一口啜るとカップを脇に置いて手を添えたまま、竹原は言い出した。

「大切にしてくれていたのね。きっと息子のように思っていたんだわ。あるいは亡くなった弟の身代わりだったのかもしれない」

伯父は優しかった、忙しい時間を縫って良く遊び相手をしてくれた。庭で相手をしてもらったキャッチボールが、頭に浮かんできた。小学校で「親なしっ子」と囃子たてるガキ大将に何度も虐められていた。父兄参観の日に背広姿の伯父が来てくれ、誇らしく虐めっ子を見返してやったことが想い出され、目頭がつんとなった。

いずれにしても早く犯人が逮捕されて、卓也自身の疑いが晴れるのを望むよりなかった。あまり遅くなってはと、休憩室を出てその場で竹原と別れて佐久間邸に向かった。竹原は仕事が終わったら帰りに佐久間邸に寄るからといって、事務所に戻って行った。

だが卓也には、話の間中気になっていたことがあった。あのむごたらしいまでの伯父の頭の破壊は、繰り返し何度も強打したからだろう。それは強い憎悪あるいは恨みによる撲打の現れではないのだろうか。その場で話が縺《もつ》れた末での殺害にしては、あまりにも強烈過ぎるように思えた。ただそのことは、竹原には言いそびれてしまった。

二時半近くになって卓也が佐久間邸に戻った時、ちょうど出て行く二人の刑事とすれ違った。捜査一課から来ているらしい中年の細身の刑事と、もう一人の若い刑事――事件の夜守口刑事と一緒にいた――卓也も顔を知っている所轄の刑事だった。家政婦の和代が玄関で二人を見送っていた。

「あら卓也さん、お帰りなさい」

「和代さん、帰っていたの？　旅行に行ってたんだね」

「ええ、でも先ほど、十二時半には戻って来ましたよ」

和代は七日の朝旅館でたまたまテレビのニュースを見て事件を知って、あわてて佐久間邸に戻ったのだと卓也に話して聞かせた。卓也は、先ほど知美の電話で既に聞かされていたことだった。

「それは大変だったね。せっかく友達と楽しんでいたところなのに……。ああ、知美は、二階にいる？」

「いいえ、お昼を済ませてから、お出かけになりましたですよ。それまで下の居間で会社の人たちと打合せをなさってましたわ。あ、そうそう会社から総務課長さんと事務員さんがいらっしゃっていて、いろいろあとのことを段取りされてましたけど、その方たちも知美さんと一緒に出て行かれました。なんでもご主人の葬儀の打合せに、会館に行くとかおっしゃってましたわ」

卓也は二階の部屋に上がって上着を脱いでネクタイを外した。ベッドに腰掛けほっと一息いれると、ノックがあって和代が紅茶を運んできた。

「いろいろお疲れでしょう」

「昨夜からずーっとばたばたしてね。それより和代さんもゆっくり旅行も楽しめなかったんだろう？　さっきの刑事たちに、しつこく聞かれたんじゃないの」

「はい、いろいろ聞かれました」

和代が佐久間邸に帰ってきた時、居合わせた刑事たちに早速事情聴取をされたようだった。和代はその時の様子を卓也に伝えた。

「私が帰ってきて勝手口から入ろうとするといきなりですよ。誰もいないと思った家の中から背広姿の、見も知らぬ男の方が出てきて驚きました。そのまま奥の八畳間に呼ばれましてね。呆気にとられていると刑事さんだって言うじゃありませんか。あとで玄関に回って分かったんですけど、外にも警官が立っていたんですね」

そして和代の話した事情聴取の内容は……。

「打田和代さん……だね。聞いてるだろうけど、温泉旅行に出かけている最中に、お宅の社長が大変なことになってね」

「何で私が留守の時になんですか、私が外に泊まることなんてめったにないんですから。年に

一、二回もあればっていうところですよ」
「あなたが友人たちと旅行に泊まり掛けで行くことは、ここの皆さん承知だった？」

「そりゃあもう三ヶ月も前から楽しみにしておりまして、旦那様やお嬢さんに何度も言ってましたから……」

「何処の温泉に行って、宿は何という旅館に泊まるのかとか……」

「それは旦那さまにキチット言ってありますけど、お嬢さんには直接は伝えてなかったから知らなかったかも知れません」

「時に、あなたの身上《しんじょう》なんだけど、一寸参考に聞かせて欲しいんだけどな」

そこで和代は自分自身のこと、現住所は何処かとか身よりは有るのか、いつから佐久間家に居るのかなど、かなり細かく聞かれた。そのあと、刑事の質問は修蔵のことに移ったという。

「昨日の朝、旅行に出発したんだね。その時社長からその日の予定とか、何か聞いてなかった？」

「六日の夜はどなたかがいらっしゃることは聞いてました。でも旦那様が、お茶の用意だけしておいてくれれば良いからとおっしゃってましたので、それほど大事なお客さまではなかったと思います」

「佐久間社長は、訪ねて来る人が誰なのかは言ってなかった？　あなたには心当たりはないですかね」

「ちょっと人が来るからとだけで、お名前は伺ってませんでした」

「仕事の関係だったのか、プライベートの付き合いの人だったかも分からないかな」

「さあ……、そういえば卓也さんが昨夜いらっしゃることは言ってましたね。私も暫く卓也さんにお会いしてませんから、その話……」

刑事は、とめどなく長引きそうな和代の話を途中で止めた。

「客に出された湯飲み茶碗だけど、あれは和代さんが出がけに用意していったのかな」

「いいえ、お茶の道具は居間の茶箪笥に何時も置いて有りますから、旦那様がそこから出してご自分でなさったのでしょう」

「応接間とか居間とか、物が移動したりなくなったりした様子はないですか。なくなった物は本当に、一つもないんですか？」

「さあ、特に気が付きませんねぇ。あ、そうそう、そう言えば応接間の時計が見当たりませんね」

「時計？」

「ええ、サイドボードの上に置いてあった大理石の置時計です」

「よほど高価な物だったのか、大きさとか色とかは？」

「大きさはこれ位で……、色は大理石ですから、白に少しベージュ色の縞というのか模様が入ってました」

　和代は手で二〇～三〇センチほどの大きさを作って見せた。

「その時計は何時もサイドボードの上に置いてあったんですかね、以前からずーっとですか、動かしたことはありかせんか」

「三年位前からでしたかね、旦那様が何処やらの記念品に頂いて来ました物で、それ程高い時計じゃなかったようです。それからずーっとあそこに置いてありました。サイドボードの真ん中から少し窓に寄ったあたりですわ」

　側で事情聴取に立ち合っていた若い刑事が応接間に確認に行った。中年の刑事はさらに和代に質問を続けた。

「和代さんが昨日の朝、出掛ける時もそこに置いてあったんですね」

「特に気にはしなかったのですけど、たぶんあったと思います」

　若い刑事が戻ってきて言った。

「サイドボードの上に何か物が置かれていたような跡が残っています。多分それが時計の置かれていた跡じゃないですかね」

「すいません、跡がついていましたか。あの時計は重たいので、お掃除の時も動かさないで回りだけを拭いてましたから……、お恥ずかしい」

「いやいや、結果的にその方が我々にとっては良かったのかも知れない。ということはだ、昨日の朝八時頃だったかな、和代さんが出掛けた後から先ほどまでの間に、何者かの手によって大理石の時計が持ち去られたということになるなぁ」

「そういうことになりますね……」

「案外その時計が凶器なのかも知れないな。手の届く所に置いてあった重い物を摑んで、被害者を一撃した……、そういうことなのかな」

「床からルミノール反応が検出されたのは、ちょうど時計の置いてあった跡の下あたりですからね」

「襲われて倒れ込んだ被害者を、犯人は抱えて椅子に座らせた」

「そして犯人は何らかの理由で、その時計を持ち去った。おそらく血痕や指紋のことが気になったのかも知れない、証拠の凶器を残しておかないようにしたのだろうな」

刑事たちは和代からもっと他に何か聞きだそうとしたが、彼女は昨夜に関することはそれ以上何も知らなかった。和代はそのあと、ため息ばかりだった知美がいきなり佐枝の所に出かけるというので、その世話をやいていたという。

第二章　十月七日（木）

1

事情聴取が終ってほっとした和代は、居間で刑事たちにコーヒーを淹れた。中年の刑事はその甘ったるいコーヒーを飲みながら、和代から更に情報を引き出そうとしていた。手持ちぶさたにかあちこち見回していた若い刑事は、電話機の横に紳士ものの黒革のセカンドバッグが置いてあるのを見つけた。

「あのバッグはどなたのですか？」

「ああ、あれは旦那様のですわ、なんであそこに置いてあるのかしら」

中年の刑事が立ちあがり、手袋を着けてブランド物のバッグを手にした。

「ちょっと中を拝見しますよ」

と、蓋を開け中の物をテーブルの上にキチット並べ始めた。携帯電話、札入れ、名刺入れ、薄手の手帳、小銭入れ、カード入れ……。

それらの品を暫く眺めていた刑事は、焦げ茶色の薄手のビジネス手帳を手にした。パラパラと開いていたが、週間予定表の欄を丹念に見始めた。そこにはその日その日の訪問先や面談する相手の名前などの予定が、細かなやや乱暴な字でビッシリと書き込まれていた。黒のボールペンだったりシャープペンだったり、赤い字だったり。刑事は十月あたりのページを開いてみると、すでに中旬のころまでかなりの予定が入っていた。事件のあった当日十月六日・水曜日の欄にも七件の項目が記入されていた。午前中に二件、午後の時間帯に三件、それぞれに会社名と人の名があった。そして日中の予定の五項目のあと、十九時中本氏来宅、二十一時卓也、とあったのを見つけた。卓也とは甥の佐久間卓也のことで、今朝任意出頭をかけて調べている。ではその前の項目の十九時に自宅を訪ねてくると記入のある中本とは一体何処の誰なのか。直ぐに携帯電話を取り出した刑事は、そのビジネス手帳の内容を捜査本部にいる一課の係長に報告した。

連絡を受けた本部では、その午後に佐久間建設の本社を訪れ、社長秘書に会って事情聴取を予定している捜査班があったのを確認した。本部はすぐさまその刑事に連絡をとり、中本という人物を佐久間建設で調べるように指示した。

そして佐久間社長の秘書の話では、おそらく中本建設の中本克郎社長のことではないだろうかと言っていた。十三時四十五分のことだった。

　捜査本部への連絡を終えると、中年の刑事は並べた品物を一つずつ丁寧に見ていた。四～五分も見ていただろうか、携帯電話と手帳を脇に置いて、他の品を若い刑事にもとのバッグに戻させた。

「この手帳と携帯電話をお借りしますよ」

　預かり書を作成しながら、なおも和代との雑談を続けた。

「佐久間卓也くんは小さい時からこの家で育てられたんだったね」

「ええ三歳の時からですね。可哀想にその年でご両親に先立たれて……、でもそのわりには明るく素直に育って、良い青年になりましたね。旦那様と亡くなった奥様が実の子同様に大事に面倒を見ていたからでしょうね」

「今朝、捜査本部の方に来て貰って話を聞いたようなんだけど、今ビルの建設現場にいるらしいね」

「旦那様が言ってましたけど、卓也さんは、ごく一般的な両親のいる家庭に育った者となんの違いもない若者になった。でも二人の姉妹の間に育ったせいか、男としては少し頼りないかと思われるくらいで、自己主張が若干弱いようにも見えるっておっしゃってました」

　和代は刑事の質問をちゃんと聞いてなかったのか、ずれた返答をしていた。刑事はもう一度質問を繰り返した。

「佐久間卓也君は現場勤めなんですね」

「はあ、卓也さんは西島建設にお勤めで、今は建設現場に詰めているそうですわ」

「そうですか、解りました。そう言えばこちらには、知美さんの他にもう一人お嬢さんがいたんじゃなかったですかね」

「はい、長女の佐枝さんがおります。知美さんより七歳上ですから、今年二十九歳になりましたか」

「この騒ぎの中、一度も見掛けませんね。何処か遠くへでも行かれているんですかな、連絡の取れないほどの……」

「いえ結婚されて、ここを出ているんです。知美さんが昨日から連絡しているようですけど、繋がらないんですって。それで、先ほど知美さんが佐枝さんのアパートに向かいました」

「アパート……ですか？」

「佐枝さんは旦那様の反対した結婚を無理になさった、つまり家を飛び出したんです。でもお嬢さんはあの男に騙されたんですわ。富永忠好っていういい加減な男……、一見か弱そうでハンサムなんですけど、なんかつかみ所がなくて。そう言えば一週間ほど前の夜に、その富永忠好が現れましたね。そのとき旦那様は珍しく声を荒らげていました」

「険悪な状態だったんですな。どんな話をしていたかご存知ない？」

「お嬢さんはあのどうしようもない男に騙されたんですよ。富永がその日は何を言いに来たのか気になりましてね、つい立ち聞きのようなことをしました。富永は金の無心にきたようでしたけど、でも旦那様はつっぱねたようです」

「話が縺れていたんですな」

「富永はかなり強気に出ていたようでした。断られても粘っこく何度もお願いしてましたわ。旦那様は、終いには佐枝さんと別れてくれと言ってました。でも富永は別れる気はさらさらなかったようです。『おまえは夫としてのつとめは何一つしていない、家裁に持ち込んだら別れることは出来る』とまで言われても平気なようでした。富永は、それより佐久間建設で働かせてくれとまで言ってましたけど『おまえのような男は雇うわけにはいかない、佐久間家の良い恥さらしだ。会社では社員たちは皆がんばっている、おまえの様なぐうたらで怠け者には勤まる訳がない』とつっぱねられてました」

　刑事は、和代の話の中で佐久間社長がおまえ呼ばわりしていた富永という男のことが引っかかった。

「富永ってそんなに駄目な男なんですか、幾つ位です？」

「たしか三十一歳だったと思います。それはもう、若いのにまともに働こうとしませんですし。あの時だって『やってみなければわからないじゃねえか、俺だって娘婿として次期社長になる位の器くらいあるぜ。とにかく俺は佐枝と別れるつもりはないよ』って言ってましたけど、口ばかりで駄目ですね。富永が帰った後で、旦那様が言ってました。『あいつがもう少しまともならちゃんとした仕事口ぐらい世話してやっても良いんだが……、今は佐枝とは一緒に住んでいないようだ。サロンだかクラブだかに勤めている女のところにころがりこんでいるらしい』って……。一寸いい男なものだから、女が放っておかないんですかね」

和代は一部始終をしっかり聞いていたのだ。

「佐枝さんの連絡先、住所と電話番号は分かりますか」

「二俣川のアパートって聞いてますけど、詳しくはわかりません」

刑事は、手帳か携帯電話に記録があるだろうと、それ以上は追及しなかった。


一方、和代が帰って来た後すぐに出かけた佐久間知美から、所轄の南町警察署に連絡が入った。十三時五十五分だった。それは姉の富永佐枝が行方不明になっているというものだった。佐枝は市内の西南部の二俣川駅近くのアパートに住んでいた。

知美が昨夜帰宅してから、父の死亡事件を知らせようと姉の富永佐枝に何度か電話を入れたが応答がなかった。昨夜は取り込み中だったことと、知美自身が動揺していたこともあってそのままにしていた。知美は今朝になって、改めて佐枝に何回も連絡してみたが応答がなかった。佐久間邸では朝早くから鑑識や刑事たちでごった返していたが、知美はどうしても気になった。自宅のことはちょうど帰ってきた和代に任せて、昼過ぎに姉の家に向かった。アパートに行ってみると、入り口には鍵が掛かっていて佐枝は不在だった。知美は携帯電話であちこち思い当たる先に連絡を入れてみたが姉は見つからなかった。

姉の佐枝は親の反対を押し切って家を飛び出すようにして結婚した。だが一時の情熱だけで突っ走った二人だったが、熱が冷めるとたちまち不仲になった。相手の富永忠好は姉の金を狙って近づいたのか、実家から勘当同然の扱いに嫌気が差し佐枝に冷たく当たるようになった。もともとまともな仕事に就く気はなく、今ではクラブのバーテンをして女の元に転がり込んでいた。姉の居るアパートには殆ど戻らなくなっていた。だが彼は離婚には承知しなかった。どうも金が目当てのようだった。


連絡を受けた南町署では、昨夜の殺人事件と関連性があるのではないかと、直ちに二階の大会議室に設営されている捜査本部へ電話を回した。

佐久間知美から仔細を聞き取った捜査本部では、地元の所轄署に連絡を入れ直ちに刑事をアパートに向かわせた。アパートの前で待っていた知美と一緒に管理人のもとへ行き、十四時四十分、合鍵を借りて部屋の中に入った。だがそこには誰の姿もなく、佐枝があわてて出掛けた様子がうかがえた。

テーブルの上は食事が済んだままの状態で、後片づけがされていなかった。テレビの前には新聞の夕刊が広げられていた。一寸そのあたりまで出掛けたという様子にしか見えない。知美は洋服ダンスを覗いてみたが、佐枝の持っている数少ない外出着もそのままで、旅行用のバッグはおろか普段使用していたハンドバッグもそのままだった。財布と鍵だけを持って普段着のままの格好で出たものと推測された。決して遠くへ出掛けた状況とは考えられなかった。入り口ドアーの郵便受けには、今日付けの朝刊が入れられたままだった。

富永佐枝は失踪したものと思われた。地元の署に戻った生活安全課の刑事は、同行した知美から昨夜からの事情を説明された。通常は数日して本人がひょっこり戻ることも考慮して、いなくなって一日や二日では捜査願は提出させないのが普通だった。だが、父親が昨夜何者かに殺害されたという事情を鑑み、担当刑事は直ちに捜索願を提出するようにさせたのだった。その情報を受けた捜査本部では、佐枝が修蔵事件について何らかの事情を知っているのではないかと緊張を高め、行方を追うように指示を出した。

2

佐久間建設を訪れ聞き込み捜査を始めていた二人の刑事は、十三時四十五分に本部から連絡を受けた。佐久間修蔵の手帳にあった中本と言う者が誰を差すのか調べるように、という指示だった。彼らは丁度、社長秘書に被害者の佐久間修蔵のことを事情聴取していた最中だった。秘書に確認したところ、社長が六日に訪問を受けた相手は中本建設社長の中本克郎ではないかということだった。そしてその秘書は、中本氏のことは鈴木専務に聞く方が良い、業界のことは一番良く知っているからと、教えてくれた。それではそちらから情報を得ようと専務室に向かった彼らは、午後から出掛ける予定だった鈴木専務をタッチの差で捕まえることが出来た。刑事は急いでいる様子の専務に少し時間を割くように頼み、中本建設のことを尋ねた。

「中本社長がウチの社長を訪ねるとすると、おそらく県の建設協会の理事長を巡る話でしょう。この秋に役員の改選が予定されていますから」

　中本と佐久間の関係は、双方とも地元の大手建設会社の社長ということだった。互いに神奈川県内ではゼネコン的存在の企業だった。ただ佐久間建設は地元きっての歴史のある会社だが、中本建設はまだ創立が新しく最近になって急成長してきた会社という違いはあった。それだけに両社長の人柄もまるで対照的で、おっとりとして人望もある佐久間修蔵に対して、中本克郎はバイタリティのあるエネルギッシュなやり手の社長だった。中本社長は業界のなかでも一目置かれるほどの活発な動きで、手当たり次第に営業をしかけていた。そんな形振《なりふ》りを構わない行為は、業界では多少危険視されていた。本人もそのことを承知していたのか、評判を良くする上でも協会の理事長に成ろうとしていたようだった。しかし、業界のそれぞれの会員たちは、殆どが次期理事長には佐久間氏が適当だと思っていたようだった。

「ウチの社長に理事長の座を譲って貰おうと、頼んだんじゃないですかね。中本社長はウチの得意先を荒したりしている手前、会社には訪ねては来難いでしょうから自宅を訪ねて行ったんだろうと思いますよ。それにしても、中本さんはそんなにしてまで理事長になりたかったんですかね」

協会の理事長の職は無給だった。いわゆる名誉職的なもので、協会のまとめ役的な存在なのだ。だが、それだけに理事長の経営する会社は建設業界内での信用は絶大なものになり、役所との付き合いも多くなる。その結果として役所の発注する仕事の情報は、自ずと入りやすくなるのは当然だった。役所と業者との癒着は有ってはならないことであり、役所は発注の都度入札の手続きを取っている。そうは言うものの、やはり情報量の違いからか理事長の会社は受注の確率が高くなる。しかも役所の紹介や口利きで民間の建築も請負いやすくなるのも必定だった。

そんなこともあってか、中本社長は是が非でも次期理事長に成ろうと情熱をもやしていたようだった。一代でのし上がって来た中本建設が業界での信用を盤石にするうえで、何としても手にしたい役職だったに違いない。

「中本さんは理事長に成ってしまえば、今までの悪い風聞も帳消しになるとでも思ったんですかね。ウチの社長なんかは面倒なことばかり多くなるから理事長は引き受けたくないと言ってましたけどね」

鈴木専務の言からすれば、中本克郎は業界のなかでは決して評判の良いほうではないということだった。

その情報を受けた本部では直ちに他を回っていた班に連絡を入れて、中本建設に行って中本社長に会って事情聴取をするように指示を出した。

本部の指示に従って中本建設を訪ねた別の刑事たちは、外出中の社長の帰社を一時間半待つことになった。出先から帰ってきた彼にやっと会えたのは、十五時三十分になってからだった。

中本社長は、昨夜七時十五分頃に佐久間邸を訪れたことを渋々みとめた。家政婦が不在だからと、佐久間社長の出したお茶を飲みながら話をして、十九時四十五分には佐久間邸を辞したという。話の内容は他愛もないことで、役員をしていた次回のゴルフコンペの打合せだった。あとは雑談に終わったとのことだった。

「そんな時間に他人の家を訪問して、雑談だけなんていうことはあり得ないでしょう。何かもっと大事な話があったから、わざわざ会社を避けて自宅にまで押しかけたんじゃないですかね」

「君、それは勘ぐりというものじゃないかな。私に何も疚《やま》しいことなんか有るわけがないじゃないか。それにこのゴルフコンペには関東地区の建設業界のトップが集まるんだから、我々にとってはかなり重要なことなんだ」

「そうですか、しかしですね、ちょうどその十九時四十分という時間に、近所の人が佐久間さん宅を訪れているんです。その時に、応接間から男の言い争う声がしていたと言っているんですけどねぇ、それはどう言いつくろうんですか？　中本社長。まさかゴルフコンペのことでいい大人がなり合っていた訳でもありますまい？　そんな言い訳は説得力がありませんな」

「事実はそうなんだから、それ以上言い様がないだろう」

「我々も子供の使いで来ているわけじゃないんでね。いい加減なことじゃあ引き下がることは出来ないんですよ。いいですか、あなたが帰ったと言っているすぐ後にですよ、佐久間社長は殺害されているんです。中本社長、殺害したのがあなたでないと言い切れますか、あなたが佐久間社長を手に掛けたんじゃないと、誰か証明してくれる人がいますか」

「私じゃない、私は佐久間さんを殺してなんかいないよ。殺す訳がないだろう、信じてくれよ」

「佐久間社長が死ぬ直前に、最後に会ったのは、今のところ中本社長ということなんでしょう？」

「いや、私があの家を出た後、そう七時四十五分にはあの家を出ているんだよ、その後に誰かが佐久間さんを殺したんじゃないのか、そうに決まっている。君たちもっとしっかり捜査すべきだよ、私なんかにかかずらってないで、他に怪しい奴が幾らでもいるんじゃないのか」

「社長、今あなたのことを聞いているんですよ。話を反らしても駄目ですよ、昨夜は佐久間社長と一体何を言い争っていたんですか、我々が納得いくようにハッキリ説明してくれませんかね。さもないと、署までご同行願うことになりますよ。言い争いの末に、あなたが佐久間社長を殺害した、という殺人容疑でね」

「分かった、実は県建設協会の理事長の件で相談しに行ったんだ。今の理事長が今年の秋には退陣することになっている。もうお年でね、十六年も理事長を務めているんで引退する頃合いなんだな。で、早い話が次期理事長に是非私を押して欲しいって、佐久間さんに頼みに行ったという訳だ。だがね、佐久間さんは色よい返事をしてはくれなかった、私の会社が人の仕事を横取りしているような噂が飛んでいるってね。確かに以前はそんなこともありましたよ、あえて否定はしません。だが最近はそんなことしちゃあいませんよ、一切ね。それでついカーッとなって、大人げなく声を荒らげてしまってね、面目ないことです。いや、佐久間さんがどうのって言うんじゃない、業界の皆に、誰も彼もに対して、頭に来てしまってね。だがそれだけのことですよ、私の気持ちも直ぐに治まりました。佐久間さんに言われましたよ。『これは業界の皆さんが決めることで、私がどうのこうの言う問題ではありません。果実は熟して自然に落ちる所へ治まるものです。流れに逆らうとどうしても無理が生じます』とね、私は納得してそのまま帰ったよ」

「そうですか、分かりました。それでですね、佐久間社長はその後誰か来るようなこと言ってませんでしたか？」

「いや聞いてないね、先ほども言ったようにゴルフコンペの話になって、それで終わって直ぐに帰ったから」

「中本社長、あなたが十九時四十五分に佐久間邸を出た。そしてその時は、まだ佐久間さんは殺害されていなかった。それに間違いないですね、で、それを証明してくれる人はいますか？」

「そんなこと言われたって、あの場所に誰か他の者がいた訳ではないし、無理だよそんなこと」

「佐久間邸から帰る途中に誰かと会いませんでしたか？　不審な車や人物など見かけませんでしたか」

「いや、車で行ったからね。佐久間社長の屋敷を出てから、一寸気が晴れないので脇見もしないで会社に戻って来た。車を駐車場に置いてから、馴染みの店に飲みに行ったよ。そうだ、あの店に聞いてくれれば分かるだろう。八時半にはその店入っているからな。うちの会社から五分ほどの所にある本町二丁目の『S』っていうクラブだ。関東放送局のすぐ西側だよ」

刑事はメモを取った。当然、裏をとらなければならなかった。だがそのクラブ『S』に中本が入った二十時三十分の証言がたとえ取れたとしても、それが佐久間邸を十九時四十五分に出たと言うことになるのだろうか。そしてその十九時四十五分という時間が正しいにしても、その時点で佐久間修蔵が生きていたという証しはあるのだろうか。鑑識の発表では被害者の死亡推定時刻は二十時前後ということだ。その「前後」という幅はどの程度のことを指すのだろうか、十五分という時間はその許容範囲から外されるのだろうか。

中本社長の事情聴取を終了し応接室を出る時、刑事は今後まだ連絡することがあるだろうからと名刺を要求した。名刺に付着した中本の指紋が欲しかったのだ。彼らが中本建設を出たのは十六時二十分だった。

その刑事たちは一旦本部に戻り報告を済ませた後、車で佐久間邸に向かった。そして、佐久間邸から中本建設までの所要時間を計ってみた。彼らは中本克郎の言う十九時四十五分丁度に佐久間邸を出た。夕方のラッシュ時はすでに終わっていたようで、途中大きな渋滞に巻き込まれることはなかった。だが、市内を走る車の通行量はまだまだ多く、スピードを出すことも出来ず、交差点では何度も信号待ちに引っかかり、ゆっくりと中本建設に向かった。それでも二十時十五分過ぎには中本建設の玄関に着くことができた。所要時間は三十分弱だった。途中大きな事故でもない限り、所要時間の誤差なんてたかが知れている。中本がクラブ『Ｓ』に顔を出したという二十時三十分までにはまだ十五分の余裕があった。だが、車を裏のガレージに入れ一旦社長室に戻り、二、三件の処理を済ませて退社すると丁度良い時間にはなってしまうのかも知れない。

刑事は頃合いを見計らって、そのクラブ『Ｓ』に立ち寄り中本克郎のアリバイの裏付けを確認した。千明というママは襟の大きなシルクの純白なブラウスに黒いロングスカートというシックな装いだった。細身でスタイルが良く三十代後半に見えたが、実際は四十半ばに違いないだろう。その千明は、確かに中本の供述には間違いはないと真顔で言っていた。二十時三十分という時間にも偽りがなさそうだった。中本を知っている常連客がその時声をかけていたのだそうだ。

「おや中本さん、今夜はごゆっくりご出勤ですな。八時半までお仕事とは忙しくてよろしいじゃありませんか」

「いやいや、野暮用でね」

狭い店内、その会話を皆が聞いていたのだ。そして中本は何か余程嫌なことでもあったのか、その夜はクラブのシートに身を埋めて閉店の十二時まで居座って飲んでいたと、千明やホステスから確認がとれた。言い争いの末に被害者を殺害してしまった、そんな心の動揺を沈静していたとも考えられなくはない。

3

南町署の取り調べ室での尋問から解放された卓也は、途中で会社に顔を出し二時半に佐久間邸に戻った。つかの間の休息もないまま、部屋に押しかけた和代から事情聴取の話を長々と聞かされた。

そして、佐久間建設の総務課長と北村晴夫が、葬儀の打合せから戻ってきたのは四時を過ぎた頃だった。そのあと暫くして、佐枝の捜索願を南町署に提出した知美が戻ってきた。和代は皆の居るリビングを避けて、知美を奥の和室に移動させた。二階から降りてきた卓也は、少し落ち着いた知美から佐枝のアパートでの様子を聞いた。知美は捜索願を提出してきたことなどを一気に話すと、気が抜けたようになって座椅子にもたれ掛かっていた。よほど疲れたのか、和代の煎れた紅茶にも手を付けようとはしなかった。卓也や和代が佐枝のことをなんやかやと尋ねたが、知美はそれにポツリポツリと答えるだけだった。リビングでは、総務課長や事務員たちが葬儀の打合せや手配りをしている。知美とその部屋に戻った卓也は、テーブルの隅でそれらをボーッと眺めていた。この家に大勢の人が居るのは珍しいことだった。でも、主《あるじ》の見当たらないことに、改めて伯父の死を感じた。そして、卓也はふと昨夜のことを思いだして、メモを見せながら知美に尋ねた。

「ねえ、この電話番号、誰だか知ってるかい」

「ええっ、これ佐枝姉さん所の電話じゃないのよ、これがどうかしたの？」

「そうかあ、佐枝さんかあ」

「ねえどうしたって言うの……、今あたしが行ってきたばかりじゃないのさ、何なの？」

卓也は立ち上がって部屋の隅にある電話に向かいながら、知美を手招きした。知美は億劫そうにしながらも、卓也に付いて行った。

「昨夜のことだけど、この電話の表示画面にね、この番号があったんだよ。着信履歴にも、発信履歴にもね」

知美は焦り気味に電話機を弄《いじ》っていた。だがその番号は表示されなかった。

「そおか、今日は一日中、この電話で連絡してたんだ、これ、過去十件分ぐらいしか記憶しないんじゃないのかなあ」

「昨日の記録は上書きされてしまったんだね。卓ちゃん、時間は何時になってたの」

「えーと、受信が十九時五十二分で、発信が二十時六分だった」

「それって、昨日の?」

「日付も確認したよ。履歴の一番最後の欄だったから」

「それじゃあ、お父さんその電話してから殺されたって言うことなの? 姉さんもその時は部屋にいて、おとうさんと話したのかなあ」

「そうかも知れない……、でも、違うってことも考えられるかな」

「どういうこと?」

「着信は父さんが電話に出たんだと思う。誰もがそうだと思うけど、他人の家に居る時掛かってきた電話には出ないだろう? けど、発信は父さんとは言い切れないな」

「じゃあ、誰が姉さんに電話を掛けたの?」

「分からない、父さんなら問題はないけど、案外犯人だったりして……」

「何でよ、犯人が姉さんに何で電話なんかするの?」

「ゴメン、冗談だよ」

「卓ちゃんたら……まったく」

二人の話が終わったのを見て、総務課長から明日の通夜と明後日の告別式の予定が報告された。

明日、十月八日(金)の昼前には、司法解剖を終えた修蔵の遺体が警察から返されることになっている。少しの時間でも自宅でゆっくりさせたいという知美の願いから、遺体は一旦佐久間邸に運び込むことにした。そして、通夜を執り行うメモリアルホールには夕方運んで行く手はずにしたからと言った。だが生憎《あいにく》のこと、折からの遅い台風が関東地方に接近しており、明日、明後日の天候が心配だと課長は眉間に皺を寄せていた。

そして六時少し前に、若い女性が佐久間邸を訪れて、応対に出た和代に、西島建設の竹原彩香と告げた。和代に呼ばれて直ぐに玄関に出てきた卓也は、佐久間邸に初めて顔を出した竹原を居合わせた皆に引き合わせた。

明日の支度があるからと総務課長が引き上げたあと、佐久間邸のリビングは若者四人で占められた。家に若い人たちが集うのは何年ぶりだろうと、和代は忙しそうに動き回っていた。その若者たちに、和代は料理の腕をふるったのだ。沈みがちな知美を気遣って、他の三人は明るい話題で食卓を盛り上げようとしていた。だが、修蔵の異常な死と佐枝の失踪と立て続けに起こった出来事から、彼女の気を逸らすことは出来なかったようだ。


九時過ぎに卓也は北村を車で駅まで送った後、方角の違う竹原を自宅まで送った。途中二人は会話のないままだったが、竹原はそれを気遣うように話し出した。

「知美さんて可愛い人ね」

「アイツはガキのころから一緒に育って、妹のようなものさ。それだけに今度の事件での知美の受けた衝撃が気になって。でも北村さんが付いていてくれるから少し安心はしているけどね、それに佐枝さんもいることだし」

「でも二人の会話なんか聞いていると、まだそれ程進展してないっていう感じがしたわ」

「ええっ、それどういうことだい？」

「知美さん、まだ北村さんに完全に気を許してはいないように見えるの」

「どうして……？」

「女には分かるの、勘ね」

「そうかもしれないな。でも二人が初めて顔を合わせてから、もう五年以上にもなる。もっとも、最近顔を合わせるのは年に二、三度だろうけどね。知美はまだ学生生活真っ盛りで、女性友達と遊ぶことに夢中だからな。これからなのかもしれない」

「佐枝さん、どうして顔を出さないのかしら、お父さんが亡くなったことはテレビや新聞で分かるだろうし……、外国にでも行ってるのかな」

「竹原さんが来る前にも、そんな話をしていたんだ。知美が部屋に入って見た限りじゃ、佐枝さんは一寸その辺りに出て直ぐ戻るような感じだったって」

「変ね、何か事件に巻き込まれていなければいいんだけど……」


そしてその七日の夜、守口刑事は捜査一課の大森警部に従って、和代からの情報の富永忠好の事情聴取に出かけた。言われた店は馬車道から一本脇に入った筋にあるサロンだった。店内のフロアーは五十坪程あろうかと思われるかなりの広さで、ホステスを常に十人以上抱えているような店だった。そのなかで富永はボーイと言われていたが、何でもこなすいわゆる雑用係をしていた。キッチンで簡単な料理を作り、ホステスたちの使いっ走りをし、客の我が儘も聞く、そんな仕事を若い仲間と二人で担当していたのだ。

二人の刑事がそのサロンを訪ねたのは十九時を回ってからだった。開店の下準備は済んだが、まだ客が入ってないという隙間の時間帯だ。入り口の隅に小さなカウンターがあり、三、四人は座れるようになっていた。そこに年かさのホステスが陣取って、他のホステスたちを仕切って、あれこれ指図していた。その姉御ホステスは訪ねてきた二人が刑事だと知ると、とたんに興味深げな顔をみせた。ママはまだ出勤してない、八時半過ぎだろうね、と言うことだった。刑事が富永に聞きたいことがあると言うと、何の事件の捜査なんだと大きな目を向けて聞き返してきた。殺人事件だと答えると、昨日の佐久間建設の社長殺しか、とたたみ込んできた。

「そう言えば富永は社長の身内だって、自慢げに言ってたことがあったよ、でもその話するととたんにリサが嫌な顔をして騒ぎ出すから、この店ではタブーなんだよ。リサはあいつの保護者だからね」

話したがる姉御ホステスをやっと交わして、店の奥側の席を借り、富永を呼んでなんとか事情聴取を始めることが出来た。

「君は佐枝さんの夫、富永忠好君……だね」

呼ばれて椅子に掛けたばかりの富永に大森警部は切り出した。細面でスタイルの良い、いかにも容姿に自信を持っていそうな富永は、脇で見ている守口をも魅了しそうな笑顔を見せた。

「はあそうですが……」

「君は佐久間邸に行ったね」

大森は単刀直入に言った。

「なんですか、いきなり。俺、行ってませんよ」

「嘘付け、一週間ほど前のことだよ。家政婦の和代さんに電話をもらっただろう。それで出かけたんじゃないのか」

「ああそのことですか、それなら行きましたよ。佐久間のオヤジに呼び出されたんですよ。話があるからってね」

「どんな話だった?」

「刑事さん、もう調べが付いているんでしょう。佐枝とのことですよ」

「直接君の口から聞きたいんだ、うわさ話はいろいろあるがね」

「言わなきゃいけませんか」

とたんに迷惑そうな顔を見せて渋る富永に、早くも大森は切り札を出した。

「これは殺人事件の捜査なんだよ。ここで言えないなら、署まで来てもらうことになるけどな」

「言いますよ。あまり人前で言える話じゃないんですよね。佐久間のオヤジの話、佐枝ときちっと別れろっていうことですよ、離婚届を出せってね。でも、俺はキッパリ断りましたけどね」

「だけど、今は別居しているんだろう。事実上夫婦として生活はしていないんじゃないのか？　金も入れてないんだろう？」

「まあね、佐枝は自分で働いて稼いでいるんだし、俺は稼ぎが悪いんで追い出された。今はあそこにいるリサの所で厄介になってますよ。でも、それが佐枝に対して愛情がなくなったっていう訳じゃないんですよ。まあ単なる夫婦喧嘩ですかね、だから俺には別れる気はないんです。佐枝だって別れる気はないって、本人は言ってますよ。でもあのオヤジは、水商売の女の所に転がり込んでいるような奴のところには、娘は置いておけないって言ってましたね」

「そりゃあ親としては当然だろうな」

「そうですか？　でも人の夫婦喧嘩に口を出さないでくれっていったんですけどね。オヤジは、その辺のこと分かってくれないでね」

「当たり前だろう」

「刑事さんには関係ないでしょう、そんな言われ方はしたくないなぁ。でもあのオヤジは結婚している資格がない、離婚しろって、俺に強く迫ってたね。仕舞いには俺からの慰謝料は一切無しで、手切れ金をオヤジの方が用意するとまで言っていたっけ。そんな話でしたね、その日は『よく考えて早急に連絡をよこせよ』って言われて、俺、そのまま帰りましたよ」

「後日、連絡はしたのか？」

「いいや、してませんね。する必要がないでしょうが。俺も佐枝も別れるつもりがないんだから」

「それで、六日の水曜日に、佐久間邸にまた出かけたのか？　また呼び出されたっていうことなのか？」

「六日に佐枝の実家になんか行ってないですよ。佐久間の家は敷居が高くてね、出来りゃああんな屋敷になんか入りたくないんですよ。佐枝のオヤジに呼びつけられたから一度は顔を出したけど、あんな所は立て続けに行く気はないですよ」

「そりゃあおまえが後ろ暗いことがあるからだろう。富永、おまえ、佐久間さんを恨んでいたんだろう？　なぁ素直に話しちまったらどうだい」

急に口調が柔らかくなった大森の顔を瞬きせずに見入っていた富永は、いきなりソッポを向いてはき出すように言った。

「なんだよ、なんだよ、その話かい。俺が佐久間のオヤジを憎んでいたから殺したって言わせたいんだろう。ならさっさとその話をすれば良いじゃないか。回りっくどいことしやがって。言っとくけどね、俺はやってないぜ、絶対に……。昨日の晩はちゃんとここにいたんだからな、俺にはちゃんとアリバイがあるんだから」

離れた場所に立って富永の取り調べをじっと見ていた女がいた。それが富永の言っていたリサなのか。

大森はなおも富永への訊問を続けていたが、守口はその側を離れて、ホステスたちの屯《たむろ》している方に行った。まだ客が入っていないからか、彼女たちは一所のボックスに寄り集まってお喋りに興じていた。その場をやり過ごした守口は、入り口付近に陣取っていた先ほどの姉御ホステスに近寄って行って話かけた。

「なあ六日の夜、富永はずーっと店にいたのかな」

「六日って昨日のことだろう？　いたはずだよ。あんたたち警察はタダ坊を疑ってんのかい、あいつそんなことできる奴じゃないよ」

「いやねぇ、殺人事件ともなると周囲の関係者や身内のことをまず調べる、そうなっているんだ、一人一人の事件当時のアリバイを確認して歩くのさ」

「大変な仕事だね警察って、そうやって皆を疑ってかかるんだ。それだもの嫌われるの無理ないやね」

「まあそういうことだな。で、どうなんだい、本当のところは」

「店、始まっちまったら、てんやわんやでね。人のことかまってなんか居られないんだ。タダ坊のこと、ずーっと見ているわけでもないしさ」

「昨日の今日だぜ、何か覚えているだろう。奴のことちらっとでも見たっていう確認が採れればいいんだがなぁ」

「正直言って分からないんだよ、タダ坊にタバコ買ってきておくれって頼んだのが昨日だったか一昨日《おととい》だったか……、はっきり覚えちゃいないんだよ、歳かねぇ。あっちの若い連中に聞いてみな」

姉御ホステスは責任逃れをしたと感じ取って、守口は若い連中の方に寄って行った。そして一寸離れたボックスに座って、ホステスを一人一人呼んで話を聞いてみた。だが昨夜はそれぞれに客の相手で忙しかったようで、ハッキリとした答えは誰からも返ってこなかった。富永はキッチンにいたように思う、というような曖昧な答えしか得られなかった。最後に離れて様子を見ていたリサを呼んでみた。だが当然のこと、彼女は富永を庇っているのであろう、昨夜彼は店から一歩も出てはいないと言い張っていた。だが、かえってその証言も嘘くさいものが感じ取れるのだった。確かに客が入る時間になれば、店の中はごった返して誰が居るの居ないのと確認の取れる状況ではないだろう。特別に富永でなければならないことでもあれば別だが、普段そんなことはありはしないだろう。でも十人以上もいるホステスの中で、誰か一人ぐらい富永が居たことを告げるものがあっても良いはずなのに、それがないということは、富永は店にはいなかったと言うことなのだろうか。

だが大森の見方は違っていた。大森は富永の相棒の若い男を呼んで富永のアリバイを確認し、普段の富永の勤め振りや生活態度と店での評判などを聞いていた。そして昨夜、六日の夜八時には、富永は店のキッチンにいたという証言を得ていた。

大森はそれで富永のアリバイが取れたと確信していた。守口がホステスたちから確信を取れなかったことを、暗に批判している態度だった。だが守口は彼女たちの言葉に若干歯切れの悪さを感じたことは事実だった。守口は大森に対してそのことを口に出せなかった。

翌八日の朝には、鑑識から指紋の報告があった。中本の名刺から採取した指紋と犯行現場の湯飲みに付いていた指紋とがピタリ一致した。

そのことは捜査陣内で議論を呼んだ。一つは中本が犯人ではないとする説で、脳髄が飛び散る程に何度も頭をたたき割った狂気じみた犯行とはいえ、犯人はいかにもその場にいましたと言わんばかりの自分の指紋のついた湯飲みを残しておくはずがないと言う理由からであった。そして中本が犯人だとする説、中本の言う十九時四十五分に佐久間邸を引き上げたということの確信がない、しかもほんの僅かずれれば死亡推定時刻にピタリ合致する。その死亡時刻もあくまでも推定であって、その時間の差があまりにも無さ過ぎるのだ。あえて指紋の付いた湯飲みを残して、犯人ではないからそこに指紋があるのだと主張する気でいるのではないか、ということなのだ。

現状では中本克郎の供述の真偽を判断する材料は何もなかった。湯飲みに付いていた指紋以外に物証がまるでない今、中本が犯人であるとも、そうでないとも何とも言えない状況なのだ。

4

十月八日（金）の昼前には、修蔵の遺体が警察から戻って来た。リビングの大テーブルを移動させ、北側の壁に寄せて柩のまま修蔵を休ませた。卓也がその前に小さなテーブルを用意すると、和代がお茶と和菓子を乗せていた。そして皆が顔を揃える中で数時間を過ごした遺体は、夕方には通夜が行なわれる葬儀場に運ばれて行った。

修蔵の葬儀は、佐久間邸から車で十五分程の距離にある比較的大きなメモリアルホールで、社葬として実施されるよう総務課長らによって取り計らわれた。異常に遅い時期に来襲という季節はずれの台風二十二号が関東地方に接近していた。時折吹き付ける強い風のなか、通夜の式は七時から淡々と進められた。社員初め業界の関係者たちが多数出席して、僧侶たち三人の読経の中でしめやかに行われた。参列者は天候の不順にもかかわらず四百人にも及ぶ盛大なものになった。

男二人きりの兄弟だった佐久間修蔵は、既に両親と弟に先立たれ、近しい親類は卓也以外はいなかった。そして昨夜から長女の佐枝の行方が知れないまま、喪主は知美が務めることになった。主を失い、若い知美一人が残された佐久間家では、何ひとつ満足に執り行えるような状況にはなかった。だが葬儀は社葬として全社員の協力で、さしたる不備もなく滞りなく進行された。

　葬儀場では社員に混じって応援に駆けつけた町会の役員たちが、大勢の参列者の受付や会場整理に追われていた。天候不順のためか車で駆けつけた人が多く、さほど広くない駐車場はたちまち満杯になってしまった。周辺の道路は両側に駐車する車で混乱していた。それでも収まりきれず、駐車待ちの車が表通りにまで繋がってはみ出している始末だった。短時間のうちに集中してきた車の整理に、町内会と駅前商店会の交通委員たちが声をからし、かけずり回っていた。だがそれも一時間あまりのこと、僧侶の読経が終わり参列者の焼香が一段落すると、瞬く間に車は引いていった。


　そして、通夜の席に南町署の守口刑事を初め、数人の刑事たちが顔を出していた。犯罪者は再度現場に顔を出す、ということが警察内で言われているという。殺人の動機が怨恨であればなおさらのこと、犯人は自分の行った行動の成果を確認するため、葬儀の様子を見に現れる可能性は大きいと踏んでいた。四百人に近い参列者の中に、はたして殺人犯がいたかどうか分からない。だが、たとえ犯人がその中に何食わぬ顔をして紛れていたにしても、一体どうやってその者を見分けることが出来るというのか。はたしてめぼしい成果が得られたかどうか、捜査員たちは参列者が立ち去った後、何も語らずそのまま引き上げていった。

　参列者を見送り、控え室に戻ろうとしていた卓也の背後から声をかけた者がいた。振り向くとそこに守口が立っていた。

「ああ、守口刑事さんじゃないですか。他の刑事さんたちと一緒に帰ったんじゃなかったんですか」

「まあな。それより今夜、富永夫婦は出席してなかったようだね」

「ええ、そうなんですよ。親に結婚が認められていなかったとはいえ、長女夫婦なんですから、喪主を務めて貰いたかったんです。佐枝さん、何処に行ってしまったんですか」

「陰でそっと故人を見送るつもりだったなんていうことはないのかね。今夜、誰か二人を見た者はいなかったか確かめてくれないかな」

「今日手伝ってくれた人たちは、まだ皆さん残っていますよ。控え室に行って聞いてみましょう」

八時半を過ぎると、広々したホールでは一般の参列者が全て引き上げた。手伝いの者たちだけが残されて、祭壇の灯りが一層寂しげに見える。残された関係者は大きめの控え室に移動して、労をねぎらう準備がされていた。集められたその殆どは、会社の社員と町内会の役員、それに商店会の交通委員たちだった。

控え室内では佐久間建設の社員たちが席の大半を占め、町内会や商店会の人たちが一方の端のテーブルに付いていた。卓也は守口を町内会の人が集まっている方に案内し、簡単に紹介した。

「すいません、今夜富永夫妻を見た人いませんですか？」

「富永夫妻って、佐枝さんだろう？　旦那さんは知らないなあ」

「佐枝さんは知っているって、今夜見たんですか？」

「いやいや、佐枝さんなら子供の頃から良く知っているけど、旦那は見たことないって言うことですよ。でも今夜は、佐枝さんを見ていないなあ。先ほど皆で言っていたのだけど、いくら身体の調子が悪いからって父親の葬儀に出てこないのはおかしいんじゃないのかってね。こりゃあ何かあったんじゃないんだろうかって、誰か言ってたよ」

守口は近所から手伝いに来ていた全員に向かって尋ねた。

「富永佐枝さんのこと、本当に誰も見てないんですかね」

「さあ、どうですか……」

頷く者と首を傾げる者と、入り交じっていた。


その時、知美と和代が遅れて控え室に入ってきた。総務課長の指示で居残ったお手伝いの方々にと、お礼の挨拶をすることにした。黒の喪服姿の知美と礼服の卓也が、皆の前に立ってあらためて今夜の礼を言った。そして明日の告別式も、出来たらまたお手伝いをお願いしたいのですが、と深々と頭を下げた。挨拶を終えたあと知美は、大きな部屋の三分の二を占めている佐久間建設の社員たちの座っている中に加わった。端のテーブルでは町内会の長老たちと商店街の若者が寄り集まっており、こちらは顔見知りの和代が彼らに酒を勧め、話が弾んでいた。

卓也は部屋の一方の隅に向かって行った守口の後に付いて行き、テーブルの片隅に向かい合って腰を降ろした。二人を見ていた竹原も卓也のそばに寄って行った。タバコを取り出して火をつける守口に、卓也が話しかけた。

「なんだか騒々しくなってしまいましたね」

「良いんじゃないの、死んだ人のことをあまりくよくよ考えてもしょうがないのさ。身内の人たちが一時でも気が紛れればいいのさ」

「警察では富永さんも疑っているんですか」

「おいおい、やぶからぼうに何だよ」

「すいません、僕、単細胞なものですから、寝ても覚めても事件のことで頭ん中一杯で、それしか考えられないんですよ。今はまだ僕の容疑が晴れてはいないのは分かっています。でも僕はやってない、だから他に犯人がいる……、父さんをあんな風に殺したのは誰なんだって、そう考えてしまうんです」

「昨日の今日だ、まだ我々にだって何も分かっちゃいないんだよ。早急に容疑者を絞り出して犯人をあげるように努力するから、心配するなよ」

「そんな記者会見のような、通り一遍の言い方なんかで済ませないでくださいよ。でもそんな言い方をするところを見ると、実際はまだ僕以外の容疑者は出てきていないんですね？」

「事件の捜査内容は、部外者には話すわけにはいかんのだ。ましてあんたは重要参考人なんだぞ、少しは分をわきまえろよ」

「そうでしょうね、でも悔しいんですよ。あんなに優しかった、温厚だった、孤児《みなしご》の僕をこんなになるまで面倒を見てくれた、そんな父さんがどうしてあんな殺され方をされなければならないんですか、あんなに残酷なやりかたで……」

「分かる、分かる」

「警察が僕を疑っているなら、僕の手で犯人を捜し出して身の潔白を証明しなければならないと思っているんです。父さんの恨みを、何としても晴らしたいんです」

「犯人捜しはわれわれ警察に任せて、あまり余計なことはしないほうが良い。ちょろちょろ動くと、かえっておまえさんが疑われるだけだぞ」

「本当に容疑者は僕だけなんですか？」

「中本建設の社長は、一応アリバイがあるし、富永忠好のアリバイも成立したからなあ」

黙って二人のやりとりを聞いていた竹原が守口に食ってかかるように言った。

「あらアリバイだったら卓也さんにだってあるじゃないですか」

「おいおい、二人して俺をそんなに攻めるなよ、ここは通夜の席だぜ。だいたい警察の捜査って言うものはだな、疑うことから始まるんだ。だから重要参考人の一人に上げられたからって、そんなに気にすることはない。第一発見者でしかも近しい身内なんだから、あんたがまず一番に疑われるのは当然なんだよ、そうだろう？」

「でも刑事さん、大切に思っていた人が殺されて、そのショックも治まらないうちに自分が殺したように疑われている。そんなのって可哀そすぎませんか?」

「まあまあ、お嬢さん、竹原さんだっけ、そう興奮しなさんな。警察だって全面的に彼だけを疑っている訳じゃない、だからあっさりと帰したんじゃないか。容疑が濃ければ半日なんかじゃ済むわけがない。当分の間泊まってもらうところだったんだぜ」

「そうすると、今のところ容疑者、いや重要参考人は僕と中本社長、それに富永忠好さんの三人っていうことですか? 盗みに入った者の仕業、通りがかりの犯行とかは考えられないんですか?」

「捜査中なんだ、具体的な名前をだすなよ。けどな、状況からして、顔見知りによる犯行と見るほうが妥当のようだ。捜査本部では、流しの犯行の線はすでに捨てている。まだ捜査は始まったばかりだ、これから先の捜査につれてまだまだ容疑者が数名現れてくるだろうよ。まあ、これ以上のことは俺に言わせるな」

それ以上居残るとまだまだ二人に攻められると察知したのか、守口は、竹原が取り分けてきた物に口を付けることもせず、お茶を飲んだだけで早々に引き上げていった。

卓也と竹原は社員たちのいる席を通り越して、片側に寄り集まっている近所の人たちの方に行った。そこには町会の役員六名と商店街の手伝いに来た者たち三名がいて、和代が酒や食べ物の世話をしながら話に加わっていた。

　この辺りの住宅地は終戦後の復興の頃から続く古くからの町で、その頃から既に二代目になる年配者ばかりだった。だが商店会から手伝いにきた交通委員は、三人ともまだ若かった。彼らは下準備もあってか、通夜の式の二時間ほど前から会場にあらわれていた。赤灯を持ってきびきびとよく動いていたその者たちは、交通安全委員の若松屋酒店の松原稔と肉屋の千田圭太、それに千田の友人の今田建材店の今田英一の三名だった。

　知美は守口刑事が引き上げ、卓也が町会の人たちの方に向かったのを目で追っていた。彼女は直ぐに社員たちの席を離れ卓也の側に寄って行った。

　知美はそこに集まっていた町会の人たちとは当然顔なじみだった。そして商店会の三人のうちの二人のことも、顔だけは良く知っていた。駅前商店街の酒屋の若主人は通りがかりによく見掛けているし、千田肉店の息子もちょくちょく見掛けていた。だがその中のもう一人には記憶がなかった。商店街の外れにある建材屋の息子だと、自分で名乗ったのは今田だった。

　そして、海苔巻きをつまんでいた酒屋の松原稔が、年寄りのようなことを言いだした。

「知美さんの喪服姿って素敵ですね。なにかこう、しっとりと大人びて見えるようで、やはり和服は良い」

「松原さん、着物ばかり褒めても中身はどうなんです？」

　と町会の世話役が脇からチャチャを入れ、松原は頭をかいていた。知美は前身頃の端を摘んで見せながら言った。

「この喪服、昨年母の四十九日の法要に父が作ってくれたんです。これから一周忌や三回忌と法事も続くことだからって……。でもその喪服を父の葬儀に着ることになるなんて、無情だと思いませんか」

一昨年に母親を亡くしたばかりの知美は、今度また父親を失うはめになってしまった。そのことに話がおよぶと周囲にいた者たちは、掛ける言葉もなく皆押し黙ってしまった。

話題が湿っぽくなった空気を飛ばすかのように、若い今田が明るい調子で話した。

「俺、佐久間さんところの長女の佐枝さんとは小学校四年の時と中学二年のとき同じクラスだった。こいつも一緒でね」

と今田は太り気味の千田圭太を指した。千田は無口なほうなのか、にやっとして首を縮め会釈をしていた。今田はなおも続けた。

「小学校の時、仲間と何度か佐久間さんの家に行ったことがあるんですよ。大きなお屋敷で、当時はあの家に入ったことがけっこう自慢で、学校中で吹聴して回ったのを覚えてる。その頃は知美さんはまだ幼稚園だったんじゃないかな」

「姉とは七歳ちがいますからね」

「今日は佐枝さん、見掛けないようだけど」

隣のテーブルで話していた和代は、知美が言いよどんでいるのを見て、すかさず割り込んできた。

「ここの処の疲労とショックで一寸体調を崩しましてね、通夜や告別式には出ないほうが良いと医者に言われて、病院に入院してます」

今田は和代の方に向いて問いかけた。

「それはいけないね、大分悪いの？」

「いえ、さほどでもないとお医者さんは言っています。ホルモンのバランスが崩れて自律神経がどうしたとかで、目眩《めまい》が酷いようなんです、でも少し入院して安静にしていれば大事はないということですわ」

「そうですか、佐枝さん中学の頃もあまり身体が丈夫じゃなかったっけな。お父さんの訃報で体調を狂わしちゃったのかな、可哀想だね。そう言えば俺、卓也さんとは遊んだ記憶がまるでないんだけどね、ズーッとあの家で育ったんだろう？」

「僕は佐枝さんより二歳下ですから、今田さんたちとは遊ぶグループが違いました。商店街でいうと、パン屋の木島さんとか布団屋の飯田君とかが一緒ですね」

寡黙な千田が卓也の話を受けた。

「パン屋のみどりちゃん、綺麗になったよ。彼氏がいるって聞いたけど」

「そうなんだ、彼女は子供の頃、色が黒くて痩せていたように覚えているけどな」

そんな話をひとしきりしたあと、知美と卓也は控え室から一旦外に出た。そのあとも商店街の三人は、町内会の人たちと雑談を続けていた。

5

十月九日（土）いよいよ台風は関東地方を直撃するような気配で直進し、午後四時頃にはそのまま伊豆半島に上陸する予報が出ていた。告別式は午前中の十時から執り行われ、天候の荒れる中昨夜にもまして多数の参列者が出席していた。昨夜来てくれていた町内会の面々も、全員がまた手伝いに顔を出して、参列者の受付から車の交通整理や駐車場の案内までくるくると動き回っていた。

十一時半には出棺の運びとなり、近縁者はそのまま火葬場まで同行した。その頃は既に暴風雨圏内に入ったのか、風は益々強まり時には唸りをあげるほどになっていた。静岡や伊豆・箱根方面では豪雨に見舞われたというニュースもあったが、幸い横浜市内では時折強い雨が吹き付けるだけで雨量はさして多くなかった。

強い雨の混じるなかで、続いて初七日の法要を終え、数名の残ってくれていた社員と共に佐久間邸にたどり着いてほっとしたのは四時半に近かった。皆が居間に入ってそれぞれに腰を下ろし始めていた時、ふと思い出したように受付担当の社員が口にした。

「そう言えば、一般会葬者のなかに富永さんを見かけましたよ」

その言葉に一同はおや、と言う軽い驚きの声をだした。着替えのために二階に行こうとしていた知美は、振り向いてその社員に問い掛けた。

「富永忠好さん？　姉さんのご主人の富永さんだったの？　それで、姉さんは一緒じゃなかったの？」

「はあ、お一人でした。私、以前に一度しか顔を見てないのでハッキリは言えませんが……。でも、私が最初に見つけたんではなくて、一緒に受け付けをしていた町内会の方が私に教えてくれたんです」

「富永さんだとしたら、何で親類の席に来てくれなかったのかしら。それに、姉さんどうしちゃったんだろう、富永さんに確かめたかったわ」

厨房からお茶を運んで来た和代が、テーブルにお盆を置きながら言った。

「富永さん、一週間ほど前にいらっしてご主人と酷く言い争っていましたからね。たぶん敷居が高かったんじゃありませんか、佐枝さんがご一緒なら別でしょうけど」

佐枝の夫である富永忠好が一般客に混じって参列していたということは、富永も佐枝に連絡が付かなかったと言うことなのだろうか。死んだ修蔵とは一週間前に言い争ったばかりでも、彼にすれば義理の父親の葬儀に顔を出さないわけにはいかなかったのだろう。

とにかく、問題は幾つか残されてはいるものの、通夜と告別式という壮大な葬儀が何とか無事終わって、一同ほっとしていた。中でも北村晴夫は気疲れがひどい様子だった。もともと細やかな気遣いをするようなタイプではないだけに、精一杯気を遣って知美を庇っていたからなのだろう。

二階の自分の部屋に入って喪服を普段着に着替えた知美は、暫くして皆のいる居間に降りてきた。そしてほっとするのもつかの間、皆の帰宅を待っていたかのように部屋の隅で電話が鳴りだした。

電話を受けていた和代が、警察からですよ、と知美を招いた。崩れるようにリビングの椅子にもたれ込んでいた知美は、ゆっくり立ち上がり電話口まで行った。

「神奈川県警座間警察署の刑事課の青柳ですが、あなたは佐久間知美さんですね、間違いありませんね」

この数日頻繁に出入りしている南町署ではなく、座間警察署と聞いて何か不安を感じながらも、気を引き締めて知美は応えた。

「はい、確かにそうです。私が佐久間知美ですが、何か……」

「十月七日、南町署に富永佐枝さんの捜索願を提出されましたね」

「はい、私が姉の富永佐枝のことを頼みました。見つかったんですか、姉が……」

「いや、まだ富永佐枝さんであるとは、今のところ断定出来ませんが」

一瞬不吉なものが脳裏を掠めたが、吹っ切るように知美はたたみ込んだ。

「じゃあ、姉は何も喋らないんですね、黙《だん》りを決め込んでいるんですね、どうしたって言うのかしら」

「落ち着いて下さい。佐久間さん。いいですね、心を静めて聞いてくださいよ。実は今日、十五時十分頃相模川沿いの河川敷で、若い女性の扼殺《やくさつ》死体が発見されました。確認したところ、捜索願の出ている富永佐枝さんが該当するのではないかと判断しました。出来ましたら遺体の確認をお願いしたいので、先ほどから何度か電話をしていたんです。お出かけでしたか？」

知美は暫く先方の話を聞いていたが、受話器を耳に当てたままその場に崩れるようにしてしゃがみ込んでしまった。知美から受話器を受け取り電話を代わった卓也が、先方の話を再度聞き直した。

その座間警察の話によると、発見された死体は身元の判明するような物は一切何も身につけていなかった。だが遺体の状況から殺害後三、四日が経過したものと思われるため、ごく最近の行方不明者のリストを当たってみた。そして二日前に南町警察署に捜索願の出ていた富永佐枝のファイルが見当たった。双方を比較すると、年齢もほぼ同じぐらいで身長や外観も一致していることが判明した。早速南町署に問い合わせ、提出されていた写真と比較したが、写真が数年前のもののようで確実に当人であると言い切れなかった。だが顔の骨格や目鼻立ちが類似しているため、おおかた間違いないだろうと判断された。そのため身内の人に至急確認をして欲しいということだった。

座間署の青柳刑事は、遺体が発見され確認に至るまでの経緯を簡略に説明してくれた。相模川沿いを台風の防災と被害状況を見回っていた消防団員が、草むらから女性の遺体を発見した。警察に通報したのが、本日十月九日（土）十五時十分、座間署の刑事が駆けつけ検分したのが十五時三十分、被害者の特徴を署に連絡し今月の七日に捜索願の出ていた富永佐枝ではないかと、届けを受理した南町署に連絡し打診したのが五十分、結果その佐枝に間違いないだろうと推定したのが十六時、そして届け出の佐久間知美に連絡をしたということだった。

和代は額に手をやって座り込んでしまった知美に駆け寄ると、抱え起こして椅子に掛けさせた。そして気を落ち着かせるためか、背中をさするようにして介抱していた。卓也はその場に居合わせた数名に電話の内容を説明し、話し終えると急いで玄関から出て車を用意した。まだ遺体が佐枝だと決まった訳ではないし、いずれは肉親が立ち会って確認しなければならないからと、卓也は知美を抱えるようにして車に乗せた。台風は幸い横浜を直撃するコースから外れ、静岡を横断して山梨の南を通って新潟に向かう様子だった。だが、まだ風は強く吹いて、時折雨が強烈にたたきつけていた。二人では心許《こころもと》ないと、心配顔の北村晴夫と竹原も同行すると言って、四人は卓也の運転する車で電話があった座間署に向かった。助手席には竹原が座り、後部座席に知美を庇うようにして北村が乗り込んだ。車は十七時半に座間署に着くと、待っていたかのように青柳刑事が二階から降りてきた。

青柳に案内された遺体収容室には知美と卓也が入り、北村と竹原は部屋の前で待った。ストレッチャーに乗せられていた扼殺死体は、佐枝に間違いなかった。

Gパンに Tシャツといった普段着のままの佐枝の姿が、かえって生活感を臭わせていた。知美は、姉はまだ生きていてそこに横になっているだけなんだ、という錯覚にとらわれそうになったようだ。本当に死んでしまったのかと反芻しなければならないほど、知美には信じられない出来事だった。僅か数日の間に、たった二人しかいない肉親のその二人の死に遭遇した彼女の胸の内はどんなものだろうか。計り知れない悲しみとその衝撃が、まだ若く苦労も知らない彼女の心を容赦なく打ちのめしているのだろう。だがその衝撃と悲しみは、卓也にとっても同じものだった。卓也は物心の付くような頃から、二十七歳の今までずっと家族の一員として佐久間家で育ってきた。卓也にとって修蔵は父親であり、佐枝は姉そのものなのだ。

落ち込むと言うよりは放心状態といった様子の知美から、座間署の刑事たちは簡単に事情聴取を済ませようとしていた。だが思うように返答の得られない知美から、青柳は質問の鉾先を卓也に代えた。この際だから聞き出せるものはなんでも聞き出そうとでもいうように、あれこれ卓也を質問攻めにした。佐久間家に起こった先日の殺人事件についても、参考のためと称して詳しく尋問していた。

そのあと青柳刑事は、電話では話さなかったことを卓也たちに伝えた。佐枝の遺体が発見された場所は、座間市新田の河川敷で小田急線座間駅から二キロメートル程西に位置した場所だ。近くには最近出来たメモリアルホールがある相模川の河川敷の一郭だった。川岸に萱《かや》が生い茂っているその少し手前の雑草の上に置かれていたという。そして検死官からの報告を聞かせてくれた。死亡推定時間は十月六日の午後五時頃から十時頃までで、死因は頸部圧迫による窒息死ということだった。索条痕《さくじょうこん》が見られないことから、何者かによって両手で首を絞めて殺害された扼殺死だろうと青柳刑事は言った。

遺体を確認した後、事情聴取をすませた知美と卓也は、待っていた北村と竹原を伴って佐久間家に向けて車を走らせた。台風は既に山梨県の東部を通過したにもかかわらず、風は一向に弱まる気配がみえなかった。そしてまだ時折思い出したかのように強い雨がたたきつけていた。既に七時を過ぎて、辺りはすっかり暗くなっていた。食事を一緒にと勧める卓也に、北村と竹原は今日はこのまま帰るからと言って、途中の駅で二人は車を降りた。知美が疲れ切っているから早く自宅に帰した方が良いと、遠慮したのだろう。事実、知美は文字通り疲労困憊の体《てい》に見えた。助手席に知美を移し、卓也は無言のまま車を走らせた。暫くするとかすかに聞き取れるかのような、独り言のような声で知美は呟《つぶや》いた。

「神様って残酷ね、これでもかこれでもかって、私から身内を立て続けに奪ってしまった。残された私に、これから先どうやって生きろっていうのかしら」

卓也は知美に目を移さずに言った。

「それを不幸というなら、不幸はなにも君だけじゃない。昔の話だけど、この僕だって、一瞬にして両親を亡くしてしまったことがあった」

「そうだったね、でも卓ちゃんの場合は一回ですんだ。私は何度も何度も悲しい思いをしなければならなかったわ。お母さんが死んで、二年後にお父さんが……、そして今度は僅か三日後にお姉さんの死を知らされた。残酷だわ」

「……」

「私に残された身内は卓ちゃん、もうあなただけしかいないんだわね。いやだ、もう何も考えられない」

「誰もが言うことだろうけど、知美、元気を出してしっかり生きなけりゃだめだ。佐久間建設を継いでいくのは、今、君しかいないんだから」

「この私に、会社のために生きろって言うの？　会社なんかどうなったって良いじゃない」

「北村さんだって支えてくれるじゃないか」

「北村さんとは、未だ何もないのよ。第一、今そんなこと考えられないわ」

「ごめん、そうだったね。今言うような話じゃなかったね。でも、知美の回りにはまだまだ大事にしなければならない人が沢山いるじゃないか。そんな人たちのことも忘れちゃ駄目だよ」

卓也は運転をしながら左に座っている知美の様子をチラッと見た。何処を見ているのか虚ろな目をした知美はシートにもたれ掛かっていた。さっと通り過ぎる光に照らされて、知美の頬に一筋のものが光っていた。今どんな言葉を並べても、彼女にとって何の慰めにもならないだろうと卓也は思った。時間が経って悲しみが薄らぐまで、傍で見守ってやるしかないと。

「ねえ、右の頬を打たれたら左の頬を出せっていう言葉があったね」

「キリストが言ったとか……」

「知美は右の頬に続いて、左の頬も打たれたよね。打たれ続けたんだよ。今度は何処を出せっていうのかって、開き直ったら?」

「もう卓ちゃんたら、馬鹿ばっかり言って……」

知美がちょっぴりほほえんだように見えた。

今時小学生でも言わないような冗談だったと苦笑した。でも知美がほんの少しずつ、すこしずつ佐枝の死から受けたショックが薄らぐようだ。そんな知美の平静さを取り戻していく様を見て、卓也は幾分かほっとするものを感じた。

その晩、部屋に入り一人きりになった卓也は、あらためて二人の死について考えてみた。座間署からの帰り道に、知美は二人の肉親を奪われた悔しさを言っていた。でもそれは知美にとってだけではない、卓也にも同じような悲しみなのだ。知美の言ったように、身内は二人だけになってしまった。誰が……何故……、こんな惨《むご》いことをしたんだ。

卓也はベッドに寝ころびながら、二人の殺害された動機を考えた。取られた物のないことから、当然物取りの類《たぐい》ではありえない。そして、二人がさほど時間の差がないうちに殺害されたことからみると、個々の殺人が別々の理由で別々の犯人によってなされたとは考えにくい。二つの事件にまったく繋がりが無いなんて、それほどの偶然はあり得ないだろう。となると二人を殺害するほどの動機とは、一体何なのだろうか。地位や名誉のためとも思えない。いやまてよ、地位あるいは名誉絡みのことだけなら伯父に関して考えられないことではない。だが佐枝に対してそのことは当てはまらない。二人を連続して殺害するほどの動機、それは佐久間家への恨みとしか考えようがないのだろうか。

だが、もう一つの考え方、修蔵に対する殺害の動機と佐枝殺害の動機は必ずしも同じではないということもあり得る。例えば犯人が修蔵を殺害したことを、偶然にしろ佐枝が知ってしまった、あるいは見てしまった。佐枝はいわば口封じのために殺害された、そう考えられなくもない。

それにしても伯父のあの残忍なまでの殺されようはどう考えたら良いのか、やはり佐久間家への強い恨みなのだろうか。考えたくはないが、やはり恨み・怨恨によると考えるほうが自然かも知れない。あるいは、単に興奮状態になった犯人が、ヒステリック状態に落ち込んだ結果の犯行……なんてあり得るだろうか。

だが、二つの殺人が同一犯人とした場合、繋がらないことがある。犯人は、伯父修蔵の遺体を殺害現場にそのままの状態で残した。にも関わらずもう一人の佐枝の遺体は、人目に付かない様な場所に捨てた。佐枝の遺体のみを捨てに行くようなことを、犯人は何故したのだろうか。

そして、寝返りを打った卓也は、ふっと気が付いた。たとえばそれが佐久間家への遺恨だとしたらどうなんだろう、あるいは佐久間修蔵個人への恨みが募ってその娘も巻き添えにしたと考えることは出来るのか。もしそうだとすると、次には、知美が危険に晒《さら》されるのではないだろうか。だが卓也は直ぐにそのことを否定した。それほどまでの深い恨みであったなら、そんな恨みを佐久間家が受けることがあるなら、自分を含めて佐久間家の誰かが気が付いていなければならないはずだ。それなのに、卓也自身そんなことを今までに少しも感じたこともなかったし、伯父や伯母や……誰からも聞かされたことはなかった。やはり伯父の事件の場合、犯人はその時点で起こった一時的なパニックから、衝撃的に手を下したと見た方がピッタリくるように思えた。そして佐枝は、何らかの原因で巻き添えを食ったと見るべきだろうか。

この佐久間家に関連した二つの事件が連続殺人だとするなら、中本克郎の容疑は薄まったと見て差し支えないように思える。中本の六日の八時半以降十一時半頃までのアリバイは、クラブ『S』の居合わせた数人の者によって確認されていると守口刑事は言っていた。中本は余程不愉快なことがあったのか、何時もなら一時間ほどで帰るのにその日に限って店を閉めるまでホステス相手に飲み続けていたと、ママの千明やホステスは証言したらしい。それが事実であるなら、中本には佐枝を殺害することは出来ないことになるのだ。

では一体誰が、僅か一～二時間の間に離れた場所にいる二人を殺害したのだろうか。

卓也には何も見えてこなかった。とにかく寝なければと、パジャマに着替えた卓也はベッドに転がった。卓也はなかなか眠りにつけなかった。眠ろうとするのだが、今度は佐枝のことが頭に浮かんでくる、そして伯父の声が……、伯父が裏庭で何かしきりに動き回っている姿が脳裏に映し出された。

佐枝の人生はまだまだこれからだというのに、いや伯父だってまだ数十年はあるだろう道の途中で、どうして命を奪われなければならなかったのか。考えても、考えても悔しい気持ちが募るばかりだった。そして卓也は、ふと思った——僕は呪われているのだろうか、僕の周囲大事な人が次々と消えていく。まだ僕が小さかったとはいえ、両親を一度に亡くしている。二十一年後に母とも言える伯母を亡くし、今二十四年後には父とも言える人と姉とも慕う人の二人を失ってしまった。僕には何か不吉なものが付きまとって居るのだろうか。これから先の僕の人生、僕に親しくした人が次々と死んでしまうのだろうか……呪われた男佐久間卓也——二人が死んだのは、呪われた卓也のせいに違いない。そして次は知美か……竹原彩香か、いつのことだろう……、そんな不吉な影が半分眠っている頭のなかで駆けめぐり続けていた。

第三章　十月九日（土）

1

九日の十八時に神奈川県警察本部は、富永佐枝の遺体が扼殺されたものだと検死官から報告を受けた。そのことによって、急遽捜査会議を座間警察署の大会議室で開いた。そこには、既に南町署に設営されている佐久間修蔵殺害事件の捜査本部から、主だった者が呼ばれていた。

八時に始まった会議は、座間署の担当刑事から、遺体発見の経緯と被害者の身元についての説明があった。そのあと鑑識から、現場ならびに遺体の状況が報告された。検死官の目視の結果遺体は死後三日ほど経過していること、死因は咽頭部圧迫による窒息死で、何者かによって扼殺されたものと思われる、なお詳しい死亡時刻などは解剖の結果を待つと説明があった。

そのあと、三日前に起こった佐久間修蔵殺害事件の捜査担当係長から、事件の概要ならびに捜査経過の説明があった。佐久間修蔵は、直面している富永佐枝の実父であり、二人の殺害が近接した時期に起こっていることから、二つの事件には何らかの関連性が有るものと推測される。そのため今回の富永佐枝殺害事件の捜査本部を修蔵事件の捜査本部と一つに纏めて合同捜査本部にする案が提出された。だが、まだ捜査はこれからという段階、何も分かってないことから、結論は先送りされた。とりあえずは県警本部は、慣習通り座間警察署に富永佐枝殺害事件の捜査本部を設置した。

　佐枝殺害の事件は修蔵の事件とは少し違っていた。遺体が事件発生から三日後に発見されたことや、強い風雨の中屋外に放置されていたことで、手掛かりは薄いのではないかと懸念があった。そんな中、唯一手掛かりとなりそうなものがあった。遺体の下になっていた草むらから、鑑識がガソリンスタンドの伝票を収集した。それが犯人の残した可能性があるというのだ。遺体を運搬した時、車内にあった伝票が遺体に付着して現場に落ちた可能性もある。また犯人が遺体を遺棄する際に、不用意に落としていったものではないかとも推測された。事件に何ら関係ない場合もあるが、刑事たちはその伝票のコピーを持って発行したガソリンスタンドに飛んだ。それは横浜市内から南に少し外れた街道沿いにある安売りで評判の店だった。その店はセルフと称して燃料を売るだけに徹し、人件費のかかる他のサービスは一切していなかった。評判が良いのか価格が安いからか、そのスタンドにひっきりなしに給油に入ってくる車は殆どが一見《いちげん》の客で現金払いだった。従って十月一日の日付がある伝票のコピーを一人しかいない従業員に見せても、何一つ手掛かりらしいものは聞き出せずじまいだった。設置されている防犯カメラも、事務所のモニターに映るだけで、記録はされていなかった。期待していただけに、刑事たちの落胆は大きかった。その伝票を鑑識に回した結果、残されていた指紋が微かに検出された。その指紋は犯人の残したものである可能性が大きいと期待された。

十月十日（日）、午前九時には遺体解剖の結果が鑑識から届けられた。被害者佐枝が殺害されたのは食後間もなかったようで、胃の内容物の消化が進んでなく、おそらく食後一時間程度と見られるとあった。

捜査本部では、富永佐枝の自宅付近と遺体の発見された周辺の二手に分けての捜査を指示し、それぞれ数十名の捜査員を手分けして聞き込みに回らせた。そして佐枝のアパートには、鑑識を交えて数名の刑事が押しかけ室内の捜索に当たった。

アパートの室内には、捜索願が出された七日、つまり三日前に所轄の刑事が知美と入っていた。その時の刑事も捜査に加わり確認したところ、室内の状況は三日前に入った時のままに間違いないとされた。その間、夫の富永忠好がその部屋に戻った形跡は見当たらなかった。

食器類の洗い物はシンクの中に運んではあったが、まだ洗わずに残されていた。テーブルの上には食事が済んだままのようで、食べ残した物が器にはいったまま置かれていた。何か急に思いついたか、突然呼び出されたかして、そのあたりまでちょっと出掛けたという状態で、遠くへ出掛けたようには見えなかった。ほんのわずかの間のつもりで席を立ったという状態なのだ。そうでなければどちらかと言えば几帳面な性格の佐枝が食後の後始末をしないで、だらしなく出かけることなど考えられないと、三日前訪れた時に知美は言っていた。

シンクにあった角皿には焼いた秋刀魚の頭と骨、それに大根おろしの痕跡があった。食卓にはらっきょの瓶詰めと白菜の漬け物が置かれていた。これらは解剖報告書に記載されていた胃の内容物と一致していた。そして、置かれていた食器や箸などから、食事は一人で済ませたと思われた。

刑事たちは室内をくまなく捜索した。テレビの前には六日付けの夕刊が置かれていた。そして入り口の郵便受けには、数部の新聞が配達されたままの状態で詰まっていた。そこには七日の朝刊から詰まっていた。

富永佐枝は六日の夕食後から知美が電話で不在を知った二十三時頃までの間に、出掛けたか何者かに連れ去られたかしたものと推察された。

テーブルの上に置かれていた灰皿には、二本の吸い殻が入っていた。それは佐枝の吸ったものか、夫の忠好のものか、あるいはその他の人物の可能性も否定できないとして、鑑識はそれを持ち帰るためにビニール袋に入れていた。

近所の聞き込みも続けられた。そしてアパートの隣室の主婦は、六日の晩は佐枝が八時過ぎまでテレビを点けていたとハッキリと証言していた。

「このアパート壁が薄いから隣のテレビの音が聞こえるのよ、微かにだけどね。九時十分前の頃だったかな、テレビを消して出掛けたようだったわね。珍しく御主人でも帰ってきたのかなって思ったもので、つい様子が知りたくて聞き耳を立てちゃってさ。あの奥さん悪い男と一緒になったみたいなのよね。それで気の毒に思っていたのよ。ついつい様子が気になってカーテンの影から覗いたんだけど、Gパンにスニーカー履きで階段を下りていったわ、そうそう手に財布を持っていたっけ。でも、その先はここからじゃ見えないんで、一人で出かけたのか誰かが外で待っていたのか分からない」

若い主婦の証言によって、少なくとも八時五十分までは佐枝の生存は確認されたことになる。秋刀魚を焼く匂いがして食事の準備を始めたのは八時十〜二十分頃と、その隣人は言っていた。

一方鑑識から報告のあった司法解剖の結果では、死後六十〜七十時間経過が見られるとしか言いようがないということだった。ただ、胃の内容物の消化状況から食後一時間以内に殺害されたのではないかと推測されるとのコメントが付いていた。そして遺体には暴行や乱暴を受けた形跡はまるでなかった。また性行為もなかったようで、精液の類《たぐい》いも検出されなかった。

解剖結果の胃の内容物と、食卓に残されたものからみた夕食の献立とは一致した。隣の主婦の証言から、佐枝は何時も八時半には夕食を採っていたようで、その日も同様だということだった。そのことから推測すると、佐枝は八時半に食事を済ませ、八時五十分に出かけ、その後三十分前後で殺害されたことになる。ということは犯行時間は九時二十分、つまり二十一時二十分から二十二時までの間に絞られたことになる。佐枝の住んでいたアパートから遺体のあった河原までは、車で三十分ほど掛かる。犯人は二十時五十分に佐枝を車に乗せ、河原まで三十分で行き、そこで直ちに殺害して捨てたということになるのか。あるいは佐枝を乗せて何処か別の場所へ連れて行き、言い争ったかした後で殺害し、その後河原に捨てに行ったとも考えられた。殺害場所は特定できていないのだ。

隣人の証言にあった被害者の持って出た財布は、発見された時点では見当たらなかった。被害者は身に付けていなかったし、遺体発見現場の付近の捜索でも発見されなかった。それは犯人が持ち去ったものなのか、移動中に何処かで紛失してしまったのか謎だった。さらに隣の主婦の証言では、佐枝は昼は近所のスーパーでパートの仕事をしていたことが分かった。生活が楽ではなかったようで、そんな被害者の財布にはそれほど大きな金額が入っていたとは思えなかった。

金銭目当てでもなければ、性的暴行の形跡もない。しかも被害者は争った形跡もなくそのまま犯人に素直に付いて行ったように見受けられる。ということは顔見知りの犯行、それも親しい者の犯行であることは大いに考えられる。だがその殺害した目的は、犯人の殺害動機は一体何なのだろう。

しかも、被害者が殺害されたと推測されるその一時間ほど前に、被害者本人の父親が別の場所で殺害されている。捜査会議ではこのことの解釈を巡って何度も議論された。

一人の犯人が、一時間の間に次々と二人の人を殺害したのだろうか。それとも二つの事件は別々の犯人が別々の理由で事件を起こし、その二つが重なったのは偶然に過ぎないのだろうか。だがそう解釈するには、あまりにも偶然すぎて一寸無理があるという意見が多かった。万が一にも、二つの事件がそれぞれに別の犯人であったとしても、二つの事件には何か関連があるものと考えるほうが自然なのかもしれない、捜査本部ではそのような見方が多勢をしめた。

刑事たちの間では、一人の犯人が二人を連続して殺害したとする説のほうが、いかにも真実に近いと見られていた。犯人は佐久間修蔵に何かを要求したが、修蔵はそれを拒んだか所持していなかった。犯人はそれを長女の佐枝が引き継いだと修蔵から聞き出し、ただちに佐枝のアパートに走ったが、そこでも要求が通らなく、殺害にいたった。その犯人が要求したものとは、実際の物なのか書類のようなものなのか、また何らかの秘密事項なのか、あくまでもこれは仮説の域を出ない話だった。

佐枝の死によって、佐久間家の多額な財産は末娘が一人締めにすることになる。本部では遺産目当てに姉を妹が殺害することも考えられなくはないとまで見ていた。だが実際は佐枝の死亡が修蔵の死より後になるので、遺産の半分は佐枝が受ける権利が生ずる。更に佐枝が死亡したことで、遺産の権利はそのまま佐枝の夫が引き継ぐことになるのだ。事件の捜査は五里霧中といった状況だった。

その日の夕方、修蔵殺害事件の捜査本部が置かれた南町署では、捜査員がそれぞれ聞き込みから戻って来ていた。所轄の刑事たちは同行した一課の刑事たちと離れて、休憩室でコーヒーを啜りながら事件をほじくり返していた。そして守口刑事は手帳を開き、指で辿りながら独り言のように呟いていた。守口は、あくまでも二つの事件は同一犯によると考えていた。

「修蔵が殺害されたのは二十時丁度の頃だ、そして富永佐枝の死亡推定時刻は……と、隣の主婦の証言を借りて、二十時五十分以降。そして胃の内容物の消化状況から見ると食後一時間程度……、となると犯行時間は二十一時二十分～二十二時頃までということになるのか。となると、今のところ容疑者のなかで完全なアリバイの成立するのは中本しかいないのだな。末娘の知美にしたところで、今のところアリバイが確定していないのはご同様さ。コンサートの後の行動は、まだ二人の友人の証言だけで、他には当たってない。その友人たちが口裏を合わせていたとしたらどうなる？　それに佐久間卓也、奴だって一応六日のアリバイは成立したようになっているけど、時間的には犯行の可能性がまったくないとは言い切れない……か」

若手の刑事が守口の独り言に反発するように尋ねた。

「守口さん、そりゃあ一寸考えすぎ、疑いすぎですよ。大勢の捜査員が聞き込んできたアリバイの裏を疑っちゃあ、何一つ先に進まないでしょう。ところで佐枝の夫の富永はどうなんですか？」

「あいつか、今は結婚前の古巣に戻ったってところだな。暴力団の手先とも言えない盛り場のごろつきさ、ヤクザ連中ならまだ義理とか人情とか言っていっぱしの骨がある、だが富永忠好はホステスのような女に寄生するウジ虫みたいな奴なんだ。親が見たら、さぞかし嘆くことだろうに」

「そいつのアリバイはどうなんだい？」と老刑事が聞いた。

「店で彼女と一緒に仕事してたとさ。勤めているスナックのキッチンで仕事をしていたってわけだ。一課の警部殿が確認している」

「それこそ不確定的なアリバイなんじゃないか。もう一度捜査する必要がありそうだな。だけど何でそんな男に良家のお嬢様が引っかかるんですかね、佐久間佐枝もどうかしているんじゃないですか？」

「いやね、良家のお嬢様だからこそ引っかかったんじゃないかな。聞き込んだところだと、富永忠好ももとはちゃんとした大学生だったってことだ。ところが地方から出てきたおぼっちゃんでイケメンときていりゃあ商売女は放っちゃ置かない、可愛いおもちゃとばかりに弄《もてあそ》ばれたってわけだ。一旦甘い生活を知ると、そのままずるずると堕落の一途を辿るって寸法だ。大学はそのまずっこけて、女を渡り歩いて食わして貰う術を身につけたんだろうな。そんな男にしてみれば良いとこの娘なんぞ手玉に取るのは訳ないことで、佐枝からも大分搾り取ったんだろう。で、逃れられなくなってずるずると籍を入れちまったってところだろう」

「奴は今度の一連の事件には、なにも関わりが無いんですか？」

「今言っただろう、七日の夜、一課のあの大森警部殿と俺が事情聴取をしている。その時、富永は佐久間家の事件のことなんかまるで知らないと言ってた。二年ほど前に一度佐枝に家まで連れて行かれて父親にあったそうだが、大目玉を食らって這々《ほうほう》の体で逃げ出したんだ。それ以来一度も佐久間家の門はくぐってなかったと本人は言っていた。それでつい一週間位前に修蔵に呼び出されて出向いて、ハッキリけじめを付けるようになじられたそうだ。それ以外に佐久間邸には行ってないと息巻いていたよ」

鼻からタバコの煙を吐きながら、老刑事は決めつけるような口調で言った。

「そんな奴の言うことなんかあてにはならん、それに遺産の話ともなれば別だろうが……。案外奴が修蔵を殺害し、返す手で佐枝も縊《くび》り殺したなんていうことだってありうるぞ。そうすればタッチの差で、オヤジの財産の半分が忠好に転がり込んでくるってことになるんだから」

守口はちょっぴり富永に同情気味なようだった。

「忠好は人を殺してまで金を盗ろうなんて言うほどの奴じゃないさ。奴の頭にはその日その日が気楽に生きられれば良いってだけのことしかない、そんな男だよあいつは」

「けどよ、あの辺りは、闇の世界と隣り合わせだ、一つ間違えりゃ何が起こっても不思議じゃない」

「そうはいうけどなぁ、殺害に関係した者ならびに教唆した者は、相続権は奪われる、なんて言うんじゃなかったかな」

「まあな……、だけど見つからなきゃいいんだろ」

そんな話を途中で抜けた守口は、南町署を出て自宅に向かった。六日の事件発生以来署に泊まり込んでいたので、持参した着替えが底を付いてしまった。コインランドリーで洗ってしまえば済むことだが、洗い終わった衣類を畳むのはどうも苦手だった。きちっと畳めないで、いらいらしてしまうのだ。それにむさ苦しい連中たちと日がな一日顔を合わせている毎日では、心が殺伐としてしまう。このところ益々小生意気になった上の娘や、母親にべったりの下の娘たちの顔を見ることで、また捜査に専念出来る。だが、家族が心をいやしてくれるということではない。暫く見ていないと、何となく家族を思う気持ちが生ずるのだが、家に帰ってみると直ぐにその気持ちはすーっと消え去ってしまう。何年も見続けてきている妻の涼子と娘たちだ、顔を見たからといって何の感情も湧くわけがない。

「今度はいつ帰ってくるの？　事件の解決は先になりそうなの」

「そうさなあ、立て続けに事件が重なったから、案外長引くかも知れん。四、五日したら着替えを取りに来るさ」

妻の涼子は守口とは中学の同級生、お互いに特別成績が良い方でもなく、秀でた物もない目立たない存在だった。

守口義次は次男だった。兄は優秀で、そこそこ良い大学を出て大企業に就職した。だが中程度の大学に通う義次は四年の夏近くになっても就職が決まらないでいた。そんな夏、電車の中で涼子にぱったり会った、というより涼子から声を掛けられたのだ。初めのうち義次は相手が誰だか分からなかった。そして目元パッチリの化粧と、綺麗に着飾った涼子に驚いた。こいつこんなに可愛かったかなあと、改めて涼子を見つめた。涼子は短大を出て機械販売会社に就職して、営業事務をしていると言った。だが性格も容姿も地味な涼子には、付き合っている男はいなかった。それを期に、二人はたまに会うようになった。義次は、警察の試験を受けた。身体には多少自信があったが、正義感から選んだわけでもない。就職の決まらないとき警察官募集のポスターが目に入った。涼子に相談してみたら、公務員っていいんじゃないと言われて決めたのだ。

それからつかず離れずで五年、そろそろ焦りだした涼子に、押されるようにして結婚した。大恋愛ではない、ほどほどに好き合った二人が成り行きで一緒になったというところだ。義次、二十七歳の時だった。そして義次は直ぐに所轄の捜査課に移動になった。当時は泊まり込みが続くと、妻は着替えを届けに署まで来たものだった。それが、上の娘が生まれてから、手が離せないからと止まってしまった。それ以来、必要があるごとに守口が取りに戻るようになった。二人目の娘の誕生で、妻の関心は完全に子育てに移って行った。それでも守口は仕事オンリーの警察官ではなかった。自分は精一杯の家族サービスに努めていると思っていた。だが、所轄と言えども刑事、仕事に追われてついつい家庭を置き去りにしがちになることがしばしばあった。

結婚以来十二年になる、小学生の娘が二人、今でもそんなつかず離れずの生活感だった。上の娘はおしゃま、だんだん女っぽくなって女二名にかき回される家庭だった。

それでも守口は着替えを取りに帰ることで、何となくリフレッシュしたような気になれる。それは、きちっと畳まれた着替えのせいだと思っていた。


守口の両親は健在だった、父は六十四歳で後一年で定年だと言うが元気なものだ。勤続四十三年、子供三人を育てあげ可もなく不可もない人生なのか、母親は六十三歳で孫の顔を見ては喜ぶ年齢で、同年代の女同士と寄り集まっては遊び歩いている。守口家は平和そのものだ。

だが守口義次の周囲には警察関係者か犯罪者が殆どだった。平穏な日々を送っている一般社会人は数えるほど僅かしかいない。その生活状況や人間性のギャップに驚くことがある。今回の事件の中心、佐久間邸は自分の管轄内だ。これまでは上流社会の一員で、羨むような存在としか見えなかった。だが、ふたを開けてみると、意外にそうではなかった。父親と姉が相次いで殺害された末娘は、良家の子女として何不自由なく育っただけに衝撃は凄まじいくらいに大きいだろう。そして卓也、幼い頃に両親を亡くし、生育過程で精神的にかなり辛い思いをしてきただろうが、今回、またまた大切な人を一気に失っている。同情に余りあるものがある。にもかかわらず、捜査本部、中でも大森警部はその卓也を目の敵のようにしてつけ回している。守口には納得の行かないところだった。

2

捜査本部では、修蔵殺害事件と佐枝殺害事件とは関連性があるものなのか決めかねてはいた。だが、殺害された二人が親子でありしかも殺害された時刻が極めて接近していることから、同一犯による連続殺人事件の可能性が非常に濃厚であるものと判断した。ということは、双方の事件での容疑者が重なることも当然考えられる。捜査に支障が起こることを回避するように作戦を勘案したが、なんと言っても同時に二カ所の捜査本部設営は人員・経費の負担が非常に大きい。しかも南町署と座間署は二五キロメートル以上あり、移動には日中混雑時に一時間以上を要する。そんなことから、合同捜査に踏み切る決断を下した。そのため、佐枝殺害の捜査のため座間署に設営された捜査本部を南町署に移動させて、合同捜査本部とすることになった。だが事件はそれぞれが単独に起こったもので、犯人はそれぞれ別という疑いも消し去る訳にはいかないとも一部で囁かれていた。

十月十一日（月）は振り替え休日だったが、朝八時から合同捜査本部の立ち上げの説明と本部長からの訓辞がなされた。そのあと、第一回の捜査会議が行われ、改めてこれまでの双方の事件の捜査状況が報告された。修蔵事件の容疑者として、第一発見者の佐久間卓也、被害者と最後に会ったとされる中本克郎、一週間ほど前に被害者と言い争いをした娘の夫富永忠好、が列挙された。その三人への捜査報告が、一課の大森警部からなされた。三人のアリバイについて、各捜査員から突っ込んだ質問があり、捜査が甘いとか詰めが足りないという鋭い指摘が出された。

富永忠好は、殺害された佐枝の夫であり、別居中で離婚話で縺《もつ》れていた。そのことから、座間署では佐枝殺害の一番の容疑者と見なした。だが南町署の捜査本部にいる大森警部から、富永にはアリバイがあるとして容疑者リストから外されてしまった。座間署の捜査担当から不満が噴出した。そして富永忠好の聞き込みに当たった大森警部と守口刑事組が、捜査会議でやり玉にあがった。非難を受けながらも守口は内心してやったりと、大森警部に見下すような視線を送った。このことが二人の仲をますます険悪にしてしまった。

そして合同捜査の第一弾として、南町署の捜査本部から刑事二人が朝九時にリサこと浜寺聖子のアパートを訪れ、まだ寝ていた富永忠好を起こして任意で引っ張った。

取り調べにあたった刑事は、修蔵が殺害される一週間ほど前のことを言い出した。富永が佐枝を通して修蔵に呼び出されたことを指摘したのだ。その時に佐久間邸を訪れた事実は、既に一課の大森警部と守口から取り調べ済みだと富永は言った。その後は、佐久間家には行ってないし連絡もしていないと、富永は繰り返すばかりだった。

「六日だろう？　俺、佐枝の実家になんか行ってねえよ。佐久間の家は敷居が高くってさ、出来りゃあんな家には入りたくないよ。佐枝の親父に呼びつけられたから一度は行ったけど、あんなところ二週もたて続けに行く気はしないよ」

「そりゃあおまえが後ろ暗いことがあるからだろう。富永、おまえ、佐久間さんを恨んでいたんだろう？」

「なんだよ、なんだよ、またその話かい。俺が佐久間の親父を憎んでいたから殺したって言わせたいんだろう。このあいだ、七日に南町署の刑事が店に来たときちゃんと言ったはずだぜ。俺、やっちゃ居ないって……。何度も同じこと言わせるなよ」

「それじゃ、佐枝さんを殺害したのはおまえか？」

「なんだい、今度は佐枝の話か。あれは座間署の管轄じゃないのか？」

「連続殺人ってことだよ。だからおまえに容疑が掛かっているんだよ」

「冗談じゃない、それこそ俺やっちゃいないぜ。何で俺が佐枝を殺さなけりゃならないんだ、理由がないだろう。それに、佐枝が殺されたのは何時って言ったっけ？　六日の夜だったよな。その時の俺のアリバイちゃんとあっただろう？」

「そのアリバイも怪しいものだ。スナックの仲間内の証言だけなんだろう。もう一度、徹底的に調べ直してみるさ」

「一度信用しといて何だよ。それじゃあまるきり騙しじゃないか、ちょっと汚いんじゃないの？」

「おまえ大学まで行ってたんだよな、一般教養で法律ぐらい齧《かじ》っただろう。相続問題でな、父親の被相続人とその相続人の娘が一緒に死亡した場合の話だ。相続人の娘が父親よりたとえ一分でも遅く息を引き取ったとすると、その娘に財産相続の権利が生じる。その権利は配偶者なり子供なりに引き継がれることになる。なあ、そうだろう?」

「ああ知っているよ、でもそれって大学は関係ないじゃん。テレビのサスペンスドラマでよくやってるからさ、そんなこと常識だよ……。ちょっと待ってよ、だから俺が二人を殺したって言いたいのか? よくそんな発想が出来るよな、バカバカしい」

「それじゃあ初めから聞くがな、おまえ六日の夜八時には一体何処にいたんだ? 誰と一緒だった?」

「だからさ、何回も同じこと聞くなよ……」

その日は一日中、富永忠好への事情聴取は続けられたが、事件に関する新たな事実は何も得られなかった。店のホステスたちの証言があった事件当夜のアリバイが崩れないかぎり、富永の犯行は不可能なのだ。拘留期限を延ばしてそのまま尋問を続行する理由もないため、本部は夕方には富永を帰した。

翌十月十二日(火)連休あけの朝九時、捜査本部に鑑識から重大な報告がなされた。

佐枝の部屋にあった夕バコの吸い殻を持ち帰り、付着していた僅かな唾液を分析した。その結果判明した血液型が、卓也のそれに一致したのだ。その上灰皿の脇に置いてあった使い捨てライターからは、はっきりした卓也の指紋が検出された。そして何よりも、佐枝の遺体の下になっていたガソリンスタンドの伝票から取れた指紋の該当者が判明した。それは佐久間卓也のものだったのだ。

捜査本部では、卓也が佐久間家の財産を狙って一家惨殺を狙っていたのではないかとの見方を強めた。動機がどうであれ、これだけの証拠がそろえば卓也の犯行であることに間違いはないものと踏んだ。そのまま十時には捜査員たちが西島建設の横浜支店を訪れ、出勤していた卓也に任意同行を求めた。卓也は、上司の係長に事情を説明する間もなく、慌ただしく一課の刑事に連れられて南町署の合同捜査本部へ向かった。その一行のなかに、気持ちがもう一つすっきりしないままの守口刑事がいた。

一行はそれと同時に、卓也の同意を得て彼の車であるスバルフォレスターを佐久間邸から南町署に移動させ車内を捜索した。その結果、ダッシュボードのポケットの奥から佐枝の物と見られるサイフが発見された。それは卓也が佐枝に関与していた決定的な証拠品だと言えた。そして助手席周辺から採取された女性のものと思われる髪を分析に回した。

後日、その分析の結果が鑑識から報告され、三種類の女性の髪と判明した。そしてそれぞれを比較検討したことによると、一つは知美の髪、もう一つは竹原彩香の物、そして残りのもう一つは佐枝の髪に一致したとあった。

一課の警部たちが取調室で卓也の事情聴取を行っていた昼過ぎ、竹原彩香が南町署の守口刑事のもとに現れた。守口は卓也の取り調べから外されて、午後から卓也の周辺を洗い直すように指示されていたのだ。

「おや竹原さん……だっけ、今日はどうしたんだい？」

「すいません、刑事さんにちょっと聞いて貰いたいことがあるんですけど、ご都合はいかがでしょう」

「ご都合はよろしくない、これから出かけるところなんだ」

「時間はかかりません、ほんの十分……、五分でいいんですけど」

「分かった、手短に頼みますよ」

守口は部屋の隅の応接スペースに彼女を連れて行った。パイプ椅子に座ると、さあどうぞとばかりに構えた守口に、いきなり竹原彩香は質問を切り出した。守口には、それが必死なまでの形相に見えた。

「佐枝さんが行方不明になった後、犯人以外で一番先にあの部屋に入ったのは知美さんと所轄署の刑事さんでしたね。私、その時のことを知美さんから聞いてます。『姉はタバコを非常に嫌ってました。特に母が肺ガンで亡くなってからというもの、父にも卓也さんにも室内では禁煙を強要していました。そんな姉の部屋で、そのことを承知している卓也さんがタバコを吸うなんてあり得ません。それに先日七日に姉の部屋に入ったときには、テーブルの上になんか灰皿はなかったように思います、それが有ったら私も気が付いて変に思ったでしょうね、それと使い捨てライターでしょう？　そんなもの、あの時にはテーブルの上には絶対に有りませんでした』ということです。これは何者かが卓也さんの車の中から吸い殻とライターを盗んで、佐枝さんを殺害した後にあの部屋に戻ってテーブルに置いたとは考えられませんか。その灰皿には二本の吸い殻があったと聞きましたけど、二本分のタバコの灰もありましたか？　ちゃんとその部屋で吸ったように……。卓也さんは『六日の夜は佐久間邸に着いたのは九時五十分だった。その時、居間に灯りがついていたので伯父が待ちくたびれているのではと、急いで車を降りて玄関に向かった』と言ってます。車を止めたのは佐久間邸の敷地内のスペースなので鍵は掛けなかったように思うとも言ってました。ということは、その場所で隠れていた誰かが、卓也さんの車の内から何かを抜き取ろうをしたら簡単に出来たでしょう」

「お説、ごもっともですな。我々もその辺りのことは、とうの昔っから考慮しているんだよ。ただ、今のところ佐久間卓也は容疑者のなかでは一番疑いが濃厚なんだ。彼には動機も十分にあることだしな。そこへもってきて、卓也が犯人となるような証拠が立て続けに出てきた。これは彼を引っ張る以外に手はないだろう、誰かが卓也を罠に陥《おとしい》れようとしたのなら尚更のことだよ」

「私の言うことは、確かに状況判断だけからの推論に過ぎないことは分かってます。でも今刑事さんが言ったように、誰かが卓也さんを犯人に仕立てようとしたと考えると、話のつじつまがピタリ合うんですけどね……。そうは思いませんか」

「たとえそう思ったとしてもだ、その説の確証となるものが何一つないんだ、単なる憶測の域を出ない。それに引き替え、証拠はさっきから言うようにあくまでも卓也に不利なものばかりなんだな」

「あまりにも証拠が整いすぎているとは思いませんか？　殺害した相手のサイフを自分の車に隠しておくなんて、どう考えても変じゃないですか。それが素晴らしく高価なものとか、大切な物とかなら話は別ですけど、どうってことのないただのありふれた女物のサイフでしょう？　それってまるで自分が犯人ですと言わんばかりじゃないですか……。絶対におかしいです」

守口は右手を竹原にかざし、二度・三度頷く仕草をした。

「なお余談ですけど、でも決定的なこと……、卓也さんが佐久間家の財産を独り占めにしようとするなら、どうして佐枝さんを伯父の修蔵さんより後に殺すような馬鹿なまねをしたんでしょうか？　たった三十分でも修蔵さんのほうが先に死亡すれば、財産の半分は佐枝さんが得られるという権利が生じます。そしてその分の権利は佐枝さんが亡くなってそっくり夫の富永忠好さんに行くことになるんです。そんな法則は誰でも知っていることでしょう、それでも卓也さんの容疑は晴れませんか」

「そんなことはあんたに言われなくても分かっているよ。俺個人としてはな。だけど俺は所轄署の一刑事にすぎないんだよ。一課の取り仕切る捜査本部では、ただの遣いっぱしりでしかないのさ。それが警察組織の現実なんだ」

「そんなぁ……」

「まあ、任しておけって……言いたいけどな。実際はそうは簡単にはいかないんだ。容疑者にアリバイがあったなら、誰かに殺人を依頼するという可能性もある、と捜査陣は考えるんだな。特に容疑者が絞りきれないような場合には、一度容疑者と見込んだ者はなかなか離そうとはしないものさ」

　守口自身は卓也のアリバイが、仕事中の建築現場だったりファミリーレストランだったり、利害関係のない第三者が証言したものなので、ほぼ完全なものとして見ていた。だが卓也が犯人でないとすると、誰かが証拠品を捏造したことになる。その辺りのことが彼の頭のなかで整理仕切れずにいた。それでも彼にすれば、その場は若い竹原を言いくるめて帰すほかに手はなかった。

　そして捜査一課の大森警部もその辺りのことは十分に分かっていると見えて、と言うより参考人としての事情聴取に過ぎなかったのだろうか、それとも真犯人をあぶり出すための方便だったのか、卓也はその日のうちの十七時には帰宅を許された。

　一方、その日の午後二時に大学生らしい三人の若者が、南町署の玄関に現れた。警察には不慣れなためか、彼らはおどおどした様子で辺りを見回し、入り口からなかなか中へ入ろうとはしなかった。

連休明けも午後二時をすぎると、免許書き換えなどの窓口業務も一段落になる。署の一階は人影もまばらになり、中年の警察官二名とやはり中年の女子事務官一名が書き物をしている状態だった。男二人女一人の三人連れの若者たちが、意を決したようにもっそりと署内に入ってきた。その様子を窺っていた中年の二人の警察官は、大きな声で呼びかけた。

「いらっしゃい、何かご用かな？」

まるでその辺の商店のようなかけ声に少し堅さがとれたのか、その三人が何事か言いたげにカウンターによって来た。それを見て小柄なほうの警察官が立ち上がって近寄って行きながら、気楽な雰囲気で三人の緊張を取り去るように声を掛けた。

「何かご用ですかな？　生憎今日は皆んな出払って、こうやって二人、いや三人しかおらんのよ、それで用件は……？」

突然、三人のうちのしっかりしていそうな男子が話し出した。

「津島道夫っていう友人のことなんですけど、学校に五日の火曜日に来たきりその後全然現れないんです。携帯も通じないし、どうしたのか心配で、三人でアパートまで見に行ったんです。でもそこにもいないし……。どうしたらいいでしょう」

「君たち大学生かい」

「はい、南関東大学文理学部の二年です、津島とは学部も同好会も一緒なんです」

「行方不明者の捜索願っていうことかな」

「ええ、そうです、そうです。津島道夫のです」

「すると今月の六日から全く連絡がなかったっていうことなのかな？　アパートに住んでいるっていってたね。津島道夫って言ったっけ、彼の実家のほうはどうなの？　そっちに帰っているってことはないのかい？」

「彼、広島から出てきているんですけど、先週実家の電話番号を調べて電話してみたんです。でも彼、実家には帰ってなかったんです。余り詳しく聞くと家の人がいらない心配すると困るんで、適当にごまかして直ぐに電話切っちゃいましたけど……」

「彼が他に行くような当てはないんだね、旅行とか長期のアルバイトとか、思い当たる所はないのかい？」

「そんなことがあれば、この三人のうちの誰かに話していると思うんです。それに携帯が全然つながらないのが変なんですよ。メール打っても全然返ってこないし、突然、何か事件にあったんじゃないのかって、心配なんです」

「それじゃ、とりあえずこの用紙に書き込んでね、それから君たちの名前・住所・電話・それに連絡先も記入してね」

　その警察官は彼らに用紙を手渡すと、女子事務官を呼んで処理するように言いつけた。事務官は彼等が書類に記入している間に、二階の刑事課に内線連絡をした。だが刑事課は全員が聞き込みに出払って、留守番の女子しか残っていなかった。仕方ない自分で聞き取りをするかと事務官は誰かに振るのを諦め掛けた。が、その時二階から話し終えた守口刑事が竹原と降りてきた。それを見つけた事務官は守口を呼んで、三人への対応を半ば強引に押しつけた。古株の女子事務官だけに断ることも出来ず、守口は竹原と別れて三人の申請の内容を聞くことにした。

ひとまず守口は、三人を一階の隅にある小部屋まで連れて行った。やや小さめのがらんとした部屋に案内して、パイプ椅子に掛けるように言った。守口が折りたたみ式の会議机を挟んで向かい側に座ったのを見て、三人は緊張気味に腰掛けた。

堅くなっている三人を見て、守口は机に両手を乗せながら話しかけた。

「こんな所へ連れて来ちゃってごめんな。一寸詳しく話しを聞きたかったんで……、そんなに緊張しないでさ」

守口は彼等の記入した申請書に見入っていた。

「行方不明の友達っていうのは、津島道夫くん……だね。津島くんは五日の日には、ちゃんと普段どおり学校に出ていたんだね。それで、その日津島くんは、何時頃学校から帰ったか分かるかな」

「後期が始まったばかりで、その日は真面目に最後まで授業に出てましたから、それまで三人は一緒でした。授業は四時五十分に終わります」

それまで黙っていた大人しそうな男子学生が、口を開いた。

「授業が終わってから、僕と津島はバイトがあるんで、一緒にそっちに行きました。五時半から七時半まで、スーパーマーケットで商品補充や納品された商品の運搬の仕事をしているんです」

「と言うことは、五日は君が七時半まで津島くんと一緒だったたってわけだね。何時もその時間にバイトしているのかい？」

「はい、殆ど毎日です。四時限目がなくて早く行ける日は、午後四時には店に入ることになっています」

「するとその日は、君と津島くんは七時半までアルバイトをしてたって言うことになるね。それで、スーパーの仕事の終わった後は、二人はどうしたんだい。彼と何時まで一緒にいたのかな？」

「あの日は裏の休憩室で少しゆっくり喋っていたので、店を出たのが七時五十分頃になったんです。それから雨の中、駅まで十分ほど歩いて電車に乗りました。津島は僕より一つ次の駅なので、僕が先に電車を降りたんです。彼と別れたのは八時十二〜三分の頃だったと思います」

「津島くんはそのまま真っ直ぐアパートに向かったと思うかい?、何処かに立ち寄るようなことはないかな」

「それはないと思います。バイト先のスーパーで、夜の食べ物は確保して帰りますから、多分コンビニには立ち寄らないでしょうし……。第一あの夜は雨が少し降って肌寒かったから、絶対真っ直ぐアパートに帰りましたよ」

一つ前の駅で八時十二〜三分と言うことは、津島が降りる駅では八時十五〜六分と言うことになる。

守口刑事は捜索願の申請書を見直して、記入されてない空白欄を彼らから聞き取って埋めた。

「それじゃ、確かに捜索願は受け付けたから、これをコンピューターに打ち込んで全国の警察に通知します。それから、彼の写真があったら後でいいから届けてくれないかなあ。何か分かり次第連絡するけど、この携帯電話に連絡すればいいんだね」

守口は三人を帰すと、一人聞き込みに出て行った。ペアーを組んでる一課の大森警部は、引き続いて卓也の取り調べに当たっている。卓也を庇うような発言をする守口は、卓也の取り調べから外されたのだ。

3

夕方五時、取りあえず灰色の容疑のまま帰宅を許可された卓也は、迎えに来ていた竹原と南町署を出た。すでに薄暗くなりかかっている街並みを、二人は無言のままバス停に向かって歩いた。それでも卓也は一緒に歩く竹原を気遣って、足取りは心持ちゆっくりとった。竹原は卓也に並んで歩いていた。彼女はあまり背は高くはなく、一八〇センチに少し欠ける卓也の肩ほどしかない。その卓也の脇から顔をのぞき込むような格好で竹原は話しかけた。

「ねえ、警察の取り調べって厳しい？　ガンガンやるの？」

「うん、それほどでもない、テレビのように机を叩いたり蹴飛ばしたりはないよ。途中で口調が激しくなったり、人を虚仮《こけ》にするようなことはあるけどね。それより同じことを何度も繰り返して聞いて来るのには、いい加減いやになるよ。でも、任意同行はこれで二度目なんだ、一週間もしない間にね。それは確かにそれぞれ事件が違ってはいる、一度目は父さん殺害の容疑だったし、今度は佐枝さん殺害の容疑だった。でも、あの一課の大森警部、本当に頭に来るよ。なんで僕ばかり目の敵みたいにして引っ張るんだろう……、あいつには何処かで仕返しをしてやらなきゃ気が治まらないよな」

「まあそんなにカッカしないで……、それにしてもホント大変な思いをしたわね。お疲れ様でしたって言いたいところだけど、今はそんな暢気こと言ってられないのよね。これから佐枝さんのお通夜なんだから。もう一頑張りしなくちゃあだめね、また疲れるわね、卓也さん大丈夫？」

「平気、平気……、まだ若いからね」

「あら、私、もう若くなくてすいませんねぇ。それはそうと、さっき、守口刑事さんと話をしていたのよ、あまりにも証拠が揃いすぎているって。卓也さん、その証拠の品に見覚えある？」

竹原の呼びかけが、いつの間にやら佐久間くんから卓也さんに変わっていることに気が付いた。だがそう呼ばれるのも悪い気はしなかった。

「証拠品そのものが僕のものだって言われると、そうなのかなって思うけど……。でもあれが何で警察が言うような場所にあったのか、ぜんぜん分からないんだ。ガソリンスタンドの伝票が佐枝さんの遺体のあった辺りに落ちてたなんて、まったくおかしい。僕、相模川の河川敷なんて行ったこともないし、第一それが何処なんだかも知らない。それに最近と言うか、この三年ほど佐枝さんには会ってないんだよ。三年前、佐枝さんあんな出方をしたろう？　だから、あの後二～三ヶ月後に一度外でお茶を飲んだことがあっただけなんだ。僕は丁度そのころ新潟支店に転勤になったばかりで、自分のことだけで精一杯だった。で、佐枝さんの苦労や悲しさなんて分かってあげられなかった。佐枝さんのアパートなんて、そのとき一応住所は聞いてメモったけど。場所なんか知らないし……、今更行く訳がないよ。それに僕の車のなかから佐枝さんの持ち物が発見されたなんて、何のことだかさっぱり分からないんだ」

「卓也さんの車のなかに佐枝さんの物があったなんて、きっと犯人が卓也さんに罪を着せようとしてやったこととしか言いようがないでしょう。犯人、一寸やり過ぎだわね。そのことがかえって卓也さんの犯人説に疑問をもたらすことになったんじゃないかな。過ぎたるは及ばざるが如し……、って言うことかもね」

「彩ずる仏の鼻を欠く……かい？」

「あら、それ、知らないわ……」

「とにかく、犯人はそのことで馬脚を現したって言うことになるのかな？　伯父の殺害はどう見ても計画的ではない、その場での衝動で犯したことだ。これは予め凶器の準備がなかったことや、犯行時間が誰かに目撃される危険のあるまだ早い時間帯だったこと、などから考えて、そう言い切れるよね。では、計画的な犯行ではないとすると、短時間であれだけの後処理、僕への証拠偽造などの細工が出来るっていうことは、犯人は我々の身近、すぐ傍にいるっていうことになるんだろうな」

「そうだとすると、今日警察が卓也さんをその日のうちに帰したことは、犯人にすぐ知れてしまうわね。きっとまた何か次の手を打ってくるに違いないわ。犯人にすれば、卓也さんを身代わりにするという思惑が外れたんですもの」

「次の手って……、そうだよね。今度は別の誰かを犯人に仕立てる行動に出るだろう。でもそんなことをすれば、ますます自分の身を危なくしてしまうけど、犯人は警察の捜査から逃れようと必死になっているはずだ。細心の注意を払って上手くやったつもりでも、何処かで手違いや見落としが出てしまう。警察はほんの小さなミスでも見逃さないよ」

「犯人はきっと頭の良い、自信過剰ぎみの人ね。案外、警察の捜査陣に挑戦しているつもりなんじゃないかしら、ゲーム感覚で……」

「ゲーム感覚？　そんな気楽なものかなあ。自分がしてしまったことの重大さに追い詰められて、自分の影にすら戦《おのの》いているように思えるけどなあ。そうだったら、しなくてもいいことまでしてしまう、そこでミスが起こる」

「どちらにしても、これ以上被害者を出したくないわね」

二人は南町署を出てからバスに乗り、二十分ほどで佐久間邸に着いた。司法解剖を済ませた佐枝の遺体は、その日の午前中に警察から帰ってきていた。父修蔵のときと同じように、佐枝の遺体も一旦佐久間邸に安置し、夕方になってメモリアルホールに運び込む手はずになっていた。二人が家に着いた十七時二十分には、既に佐枝の遺体は運び出された後だった。

知美と和代それに北村の三人は、卓也たちが玄関に入るのを待ち構えていた。気を揉みながら通夜の式が始まる時間まではと、卓也を待っていたのだ。それでも警察を出たとき卓也が連絡をいれたので、多少の遅れはあっても式には出られると安心はしていたようだ。卓也は出迎えた知美の顔に、憔悴しきったような表情を感じ取った。あの明るい屈託のない女子大生の知美は、この五、六日の間にすっかり何処かに失せてしまっていた。だがそれをどうしてやることも出来ないことが悲しかった。

佐枝の通夜は修蔵のときと同じ会館ではあったが、参列者が多くはないだろうと小さな部屋の方で執り行う予定にしていた。それでも佐枝の生まれ育った佐久間邸に近い会館で行われたので、三年近く家を出ていたにもかかわらず学校時代の友人や近所の知人たちが数多く参列してくれた。そして今回も修蔵の場合と同じように、町内会の役員たちや商店会の例の三人が手伝いに来ていた。だが修蔵の通夜とは違って参列者の人数が圧倒的に少ないため、彼らは一様に手持ちぶさたの体だった。しかも台風の最中だった修蔵の葬儀とは違って、穏やかな秋の気配すら感じられる夜だった。

知美は父親のときほどの衝撃がなかったのか、それとも既に涙も枯れ果ててしまったのか、葬儀のあいだ淡々とした表情だった。

通夜の式は忍びやかなままに足早に進行し、呆気ないほど簡単に終了した。つい先ほどまで卓也を取り調べていた一課の大森警部と守口刑事も様子を窺いに現れ、少ない参列者を暫く見回したあと引き上げていった。参列者たちがそれぞれ立ち去った後、身内の者と手伝いに来ていた人たちが控え室に残された。

修蔵の通夜では会社の社員が多く、皆が引き上げた後もざわつきが残り控え室でもあちこちで会話が続けられていた。だが佐枝の通夜はひっそりとして、話し声も殆ど聞かれなかった。それは相次ぐ佐久間家の者の悲惨な死に、まるで恐れと気味悪さを感じてのことのようにも思えた。

控え室の片端に座った商店会の若い二人、千田圭太と今田英一も前回と違って静かだった。二人には佐枝との子供の頃の想い出が沢山あるためなのか、傍目《はため》には感慨にふけっているようにも見えた。特にその夜の今田は殆ど口も開かず、椅子に掛けて俯いたままじっとしていた。

続く十三日（水）、告別式は十時から行われたが、通夜よりも更に少ない参列者のなかで寂しく進行していた。そして佐久間建設の鈴木専務が、総務課長らとともに参列してくれていた。二人は子供の頃から佐枝を知っていると言って愁然としていた。佐久間邸を訪れるたびに成長を見てきていたのだろう。鈴木専務などは佐枝が生まれた時からのことさえ良く覚えていた。その頃まだ独身だった彼は、佐久間邸によく飲みに訪れていたそうで、そのたびに佐枝は彼の胡座に収まって大人たちの会話を聞いていたという。成長するに従っておしゃまになり卓也や知美にお姉さんぶった態度を取っていた。それでも小学校に上がる迄は鈴木の膝から離れたがらなかったそうだが、どうも普段食卓には出ない酒の肴がお目当てだったようだ。何不自由なく育った佐枝だが、母親の愛情を卓也と知美に奪われたと思いこんだ時期があったようで、その頃から欲しい物は絶対手に入れるという性根が付いたのだと鈴木は言っていた。そのことが尾を引いたのか、親の反対を押し切ってまで好きな男のもとに走ってしまったのだろうとも話していた。

鈴木たちは告別式の後も残って、身内が少ないためもあって火葬場まで同行し野辺の送りをしてくれていた。その間卓也は鈴木専務たちの側に付いていて、佐久間建設の昔話をあれこれ聞かされていた。鈴木は大学時代同期の友人だった修蔵に引っ張られ、佐久間組でアルバイトをしていたことがあった。バイトの延長のようにそのまま就職してしまった頃の話から、やがて卓也の父である次男の修次が大学を出て、建築学部卒の三人組で業界を制覇していく頃の話まで聞かされた。これまで社長と一緒に会社を築き上げもり立てて来た鈴木には、佐久間建設そのものへの思いも一入《ひとしお》のものがあるのだろう。彼の半生は会社そのものだったのかも知れない。

「卓也君も社長がこうなってしまった以上、一日も早く佐久間建設に来る方が良い。俺たち社長に育てられた者がまだ元気なうちに、会社の全てを覚えてもらいたいんだ」

確かに、鈴木専務の言うとおりなのだろう。卓也もその辺りのことは充分分かっているつもりだった。だが今の卓也には遣らねばならないことがあった。身近に迫っている難題を解決することに頭が一杯の状態だったのだ。そして鈴木専務に、一連の佐久間家の不幸は過去に何らかの原因が潜んでいるのでは……、と問いかけてみた。

「そうだなあ、確かに仕事上で取ったり取られたりは多かった。でもそんなことは何もウチの会社だけの問題じゃあないだろう。何処の会社や何処の業界でも常にあるし、それが資本主義の世の中……、自由競争っていうことなんだろう？　それが原因で、相手を恨んで殺すなんて考えられないと思うがね」

総務課長もその頃のことが思い出されたのか、鈴木専務に一言いっていた。

「でも、あのバブルのはじけた十年くらい前に、倒産した建設会社があったじゃないですか。それが佐久間建設を殊《こと》の外恨んでいたとか、あの当時、業界ではかなりの話題になってたでしょう？」

「そうそう、太洋建設ね、あの当時はウチの社長も俺もまだ若さが残っていた。バブルの崩壊で受注の減少するなか、必死で仕事を取って回ったものだった。太洋建設はウチと同じ規模の会社で、それまでもお互い鎬《しのぎ》を削り合っていた。あそこの社長は豪快でいかにも土建屋上がりといった人で、ワンマンで有名だった。大学を出て何事もスマートな後継ぎのウチの社長とは大違いだった。それが自ずと会社のカラーに反映しているんだがね。たまたまあのときは、立て続けに二件の大きな工事をウチが落札した。今考えると太洋建設はその工事を取りに行く力も失せるほどに弱体化していたから、二件ともうちに決まったのかも知れない。そのことが原因だったのか、太洋建設は一気に落ち込んで倒産してしまった」

「あの社長、ウチの会社にも怒鳴り込んできましたね。——おまえんところが安く落としやがって——とね。すごい剣幕だったですよ、女子事務員なんか恐ろしさで隅の方に固まってしまってました」

「そう、あのときは既ににっちもさっちも行かなくなっていたんだな。太洋建設は、あのあと直ぐに倒産だった」

総務課長は声のトーンを落として呟くように言った。

「幸いウチの会社は何とか持ちこたえたけど、あの頃は建設業界は何処も皆経営状態が悪化していた。大手ゼネコンもバタバタ倒産していく時代だった。けど、佐久間建設は社長の経営が普段からしっかりしていたんだ。放漫経営を続けていた太洋建設は、不景気の煽りを食って、真っ先に倒産に追い込まれたっていうことなんでしょう。何も佐久間建設だけのせいではないんですけどね」

「その社長は佐久間建設を恨んでいたんですか？」

太洋建設の社長が怒鳴ったとき、鈴木専務も居合わせていたのだろう、総務課長の話を引き継ぐようにして話し出した。

「孫子の代まで取り憑いてやるってね。社長室でさんざんごねたあと、下に降りてきて事務所に入り込んできた。そして社員たちのいるフロアーでも怒鳴り散らして大見得切っていたよ。よっぽど腹に据えかねたのか、怒りのやり場が他になかったのか。だけど今度の一連の不幸が、あの社長に取り憑かれたせいだとは考えられないけどな」

　卓也はどちらということもなく、二人に尋ねた。

「その社長は……、家族たちは、今どうしているんですかね」

「さあね、どうなんだろう。あの社長、たしか九州男児って言ってましたから、あるいはそっちに戻っているかも知れないですね」

「そうですか」

「そう言えば、あの会社で営業をしていた下条さん、今は大都建設で営業部長をしているなぁ。あの頃彼は、豊島社長……太洋建設の社長は豊島って言うんだよ……彼について回っていた。入札の時なんか俺とちょくちょく顔を合わせて、話したものだ」

「大都建設ですか？」

「会社に戻れば分かる、だいぶ以前に名刺を貰ったから、残ってるかなぁ」

「あとで教えて下さい」

「ああ、分かった。……君のお父さんのことは今でもハッキリと覚えている。昔のことを話すとついつい修次君のことを想い出してしまうんだ。修蔵社長はおっとりしていたけど修次君はバイタリティがあって、いかにも力強い人だった。それだけに想い出が今もまだしっかり残っているんだろうか、長男と次男の差なのかな。あのまま亡くならずにいたら佐久間建設はもっともっと大きくなっていたかも知れないなあ」

総務課長にも卓也の父親の記憶は強く残っていたのだろう。

「丁度私が入社した年でしたね。修次さんが三十一歳で、当時の私には眩しかったですよ。前の晩夜中まで現場で仕事をしていて、次の朝九時にはもう営業に出ていたような人だった。馬力がありましたね。でもあのお歳で亡くなってしまったなんて……」

「ああ、当時修次くんは俺とタッグを組んでかけずり回っていた。これからってときだった、悔しかったよ。しかし当時が想い出されるなんて、俺も歳くったなぁ」

マイクロバスに揺られながら卓也は、太洋建設のことを考えていた。今の卓也の心には、父親の面影に浸っているゆとりはなかった。

4

その日十三日の夕方、会社に戻った鈴木専務から卓也に電話が入った。日中に話していたもと太洋建設にいた下条敏夫氏の、現在の連絡先である大都建設の住所と電話番号を知らせてきたのだ。卓也は早速その大都建設に連絡を入れて、下条営業部長にアポイントを取り付けた。

翌十四日（木）、気持ちよく朝から晴れ渡っていた。卓也は約束した九時半に、大都建設のビルを訪れた。受付嬢の案内で応接室に通されると、待つ間もなく直ぐに下条は現れた。五十代半ばの頭が薄くなりかかっている下条は、卓也より少し背の低い中年太りの男だった。ソファに座るように手で示しながら、卓也の手渡した名刺を丹念に見て言った。

「西島建設……ですか？　昨日の電話では、佐久間建設の関係者だとか言ってたようだけど」

「ええ、そうなんですけど、撲、まだ修業中の身でして」

「そういうことなのか。佐久間卓也さん……、佐久間社長の息子さんかな？」

「いいえ、社長の甥にあたります」

「ひょっとすると、修次さんのお子さんかな？」

「そうですそうです、佐久間修次の息子です。父をご存じですか」

「二十年以上も昔のこと……。仕事の関係で何度か会ってますね、当時私は別の会社にいてね、そうそう今日はその太洋建設のことを知りたいとか、電話で言ってたね。私は以前そこに勤めていて、お互い競争相手の関係で公共事業の入札でよく顔を合わせましたよ。だけど、大手ゼネコンが力で押しまくるなかで、我々地元の中小建設会社は気を寄せ合っていた。気の荒い仕事をしている男同士、なにか相通ずるものがあってね。車の事故で亡くなったと聞いて妙に記憶に残っているんだな。ところで今日は……」

「太洋建設の社長のことを伺いたいと思いまして。倒産当時の状況も併せて教えてもらえれば有難いんですけど」

「ああ、豊島茂社長か。だけど何で今頃になって、そんな十年も昔のこと調べているんだ？　あの倒産の頃には君のお父さんはもう亡くなっていたはずだけど」

「いいえ、僕の父のことではないんですよ。佐久間社長が先日亡くなった事件はご存知ですか」

「知っているよ、何者かに殺害されたってニュースで言ってたな。私も業界の一人、通夜に一寸顔を出させて貰ったけどね。犯人はまだ捕まってなかったよね」

「ええ、まだのようです。警察は全力をあげて捜査しているんでしょうけど、そのあと直ぐに長女の佐枝さんの殺害事件があったりして、捜査が行き詰まっているのが現状のようですね」

「なるほどね」

「実は亡くなった佐久間社長の身の回りを、少し整理していたんですけど、亡くなる少し前の日記に豊島社長のことが書かれていました。『近頃の不景気続きで、何故か太洋建設の存在が想い出される。バブル崩壊後いち早く倒産したあの会社は、豊島社長の経営のまずさからの結果だった。とは言え直接は佐久間建設との競争に負けたことが原因だったとも言える。今になってその当時の出来事が想い出されて、その後の豊島さんの動向が妙に気になる。少し間違えば佐久間建設が倒産の憂き目にあっていたかも知れないと思うと、なおさらだ。今あの一家はどうしているのやら、気になってしまう』というような内容が綴られていました。それで亡くなった伯父の心配していた種を、少しでも減らしてあげようと思いまして……、伯父の供養になればいいんですけど」

「そういうことなのか。まあ太洋建設が倒産したと言っても、豊島社長自身が自分で蒔いたことだったからね。世間ではバブル崩壊なんて言ってたようだけどね。バブル時代には太洋建設も大きく売上げを伸ばして、笑いが止まらないほど儲かっていた。何処の会社でも言えるのだが、儲けた時に利益はきちんと計上して、会社の資産を増やしておけばよかった。ところが豊島社長は売り上げた金が全部儲けだと思っていたんだな。経費を湯水のごとく使いまくったんだよ。あの社長は身体を張って仕事をしていたのは凄かったかったが、会社経営とか経理についてはまるっきりでね、入った金を大盤振る舞いしてしまうんだ。追っかけ仕事が入っている内はまだ良かったが、一旦仕事がとぎれると支払いに回す金が出来なくなる。自転車操業ってところだったね」

「佐久間建設を恨んでいたとか聞きましたけど、本当のところはどうでした？」

「本人はそう思いこんでいたね。仕事を横取りした佐久間がうちの会社を潰したんだって、あの当時かなり騒いでいたな。一生恨んでやるなんて息巻いていたときもあった。だけど回りの関係者や社員らは、豊島社長の放漫経営が倒産の根本的な原因だと知っていたんだ。たとえ佐久間建設との仕事の摩擦がなかったにしても、早晩あの会社は倒産に追い込まれたんじゃないかな」

「その後の行方は分かりませんか、社長御本人とご家族の方々ですが」

「本人は破産宣告の手続きをして、故郷の佐賀へ行ったようだね。奥さんは債権者から逃れるために離婚して、二人の子供を連れて実家の群馬の在に引っ込んだ。気の毒でね、贅沢な暮らしをしていたのが、着の身着のままの状態で、殆ど金も持たずに群馬へ行ったのさ。もっとも群馬へは、俺が付いて行ったんだけど赤城山の麓でね。実家はあまり大きくない農家で、奥さんの兄が継いでいたよ」

「今でもそこに居るんですかね」

「さあねえ、あのあと何度か書類を送ったり、年賀状や暑中見舞いの遣り取りはしてた。けどね、二年ほどで音信も途絶えてしまったよ。俺のほうも縁あってこの会社に引っ張ってもらったばかりでね。新しい職場に慣れるのに精一杯で、人の様子を心配するどころじゃなかった。あの人たち、今どうしているのかな。俺も昔、若い独身の頃はあの奥さんにずいぶん世話になったからなあ」

「豊島社長のその後はご存じありませんか？」

「それこそ債権者から身を隠すようにして九州に逃げて行ったんで、向こうであちこち転々としてるだろうからね。お互い連絡はまるでなかったどころか、住所さえ分からない始末だよ。何処でどうしているのやら……」


卓也は豊島の家族たちが身を寄せた群馬の在の場所をメモし、十時半に大都建設の駐車場を出た。そのまま佐久間邸に戻るつもりだった卓也は、ふと車を道の脇に寄せて止めると先ほど下条敏夫氏から聞いた群馬の住所をカーナビに打ち込んでみた。債権者からの追及を避けるためか豊島と別れて旧姓の浅田に戻っていると言われた。その実家の浅田の兄の名を入力すると、画面に表示された。在のことだから浅田の姓が数件散らばってはいたが、目当ての家は確実に存在していた。

卓也はふとそのまま群馬まで車を走らせたらどうか、遅くとも午後二時前後には着くだろうと計算した。やはりそのまま走ることに決めると、佐久間の家に電話を入れた。不在の知美に伝えるようにと、電話に出た和代に群馬行きを告げておいた。そして竹原の携帯に連絡をいれ、朝からのことの顚末を説明した。

「今更十年以上も前の遺恨で人を殺害するなんて、有り得ないように思えるけどね。少しでも可能性がある部分は一つずつ消さなければ、答えが見えないような気がする。だから豊島社長のその後の動向を確認しておきたいんで、社長の奥さんに会ってくるよ。何か知っているといいんだけどな」

「そうね、それが良いわ。十年前の恨みで人を殺害するとは考えにくいけど、動機だけはあるんですものね」

「たまたま豊島茂が昔の嫌みを言いに佐久間社長に会いに来たのかも知れない。あるいはなにがしかの金をせびりに立ち寄った、それが突っぱねられ激怒するようなことを言われ、発作的に殺害におよんだ……、とも考えられなくはない」

「そうだとしたら、続いて起こった佐枝さんの事件はどう説明がつくのかしら」

「たまたま、何らかの形で佐枝さんが絡んでしまった、殺害を見たか聞いたかして……」

「でも佐枝さんを殺害して、短時間で遺体を処理して卓也さんのに罪を被せる細工までするなんて、豊島さんにそれが可能かしら」

「分からない……、豊島社長が以前から横浜市内に潜んでいたのなら、下調べが出来ていて、実行は可能だろう。そうではないにしても、以前は横浜で仕事をしていたんだ、土地勘はあるはず。いずれにしても、ここで想像していても何もはじまらない。だからひとっ走り群馬まで行ってくるよ」

「天気が良いから私も一緒に行きたいけど、係長に叱られそう……。遠いから気を付けてね、行ってらっしゃい」

市内を抜け相模原を通り越して、途中の八王子バイパス沿いにあったラーメン屋で昼の食事を済ませた。再び車を走らせて、出来たばかりの首都圏中央連絡自動車道……つまり圏央道を快調に飛ばした。スバルの2リッターエンジンを楽しみながら関越道に入って、渋川・伊香保インターに着いた時は二時を回っていた。

渋川の街を掠め、カーナビに従って山村に着いたのは二時半、目的の浅田の家は直ぐに見つかった。

あまり大きくはない農家の入り口に立って声を掛けてみた。少し間があったが薄暗い屋敷の奥から、六十歳前後の手ぬぐいで髪を覆った女性が出てきた。その家の主婦だろうと見られる女性に用件を伝えると、一瞬嫌な顔を見せた。

「浅田のぶ子って義理の妹ですけど……、居ませんよ」

「いつ頃戻られますか」

「戻るって……。ここを出て行っちゃってるんだ、何年も前のことだよ」

「何処かへ移られたっていうことですか、何処へ行かれたか分かりませんか？」

「東京じゃないのかい、私は知らないよ、うちの亭主なら知っているだろうさ。何か用事でもあるのかい」

「はあ、十年前のことを、少しばかりお聞きしようかと思いまして、横浜から出て来たんですけど……」

「そんならあたしにゃ分からないな。十年前に突然二人の子供を連れて戻ってきて、二年居たかな、また突然居なくなってしまったさ」

「何かあったんですか？」

「さあね、都会で良い暮らしをしてきたから、田舎暮らしが我慢できなかったんじゃないかい。あの子たちも贅沢でね、あれが嫌だこれが食べられないって言ってさ、可愛げがないんだよ」

「苦労していたんですね」

「何もぉ、辛抱が足りんかったのさ。のぶ子さんだって、うちの人に農協の勤めを世話して貰ったのに、ものの二年と続かなかったんだよ。そんなんで、ここに居づらくなったのだろうよ」

「ご主人は何時頃帰られますか」

「裏の納屋に居るんじゃないかな……」

「ありがとうございました、それじゃ納屋に行ってみます」

のぶ子の義姉は、愛想もなく背を向けると奥に引っ込んでしまった。卓也は屋敷の裏手に回って納屋を覗くと、中で農機具の手入れをしている小柄な作業服姿の男が目に入った。卓也はその男に用件を伝え、横浜から来たことを付け加えた。

「わざわざ、遠い所からのぶ子のことで来られたのかね。生憎もうのぶ子はここにはおらんのですわ。八年になるのかな、また横浜に戻って行きましたよ」

作業帽子をかぶっているからか、まだ六十歳には間があるように見えた浅田家の主《あるじ》は納屋からゆっくり出てきた。入り口付近にあった今にも壊れそうな長椅子に腰掛けると、卓也にも脇に掛けるように手招きした。日差しがたっぷりあるものの、少し冷たいほどの風が意外に心地よかった。納屋の中から匂ってくるのか、藁の香ばしいような匂いが卓也にも感じ取れ、ほっこりした田舎の気分に浸っていた。

「はあ、今、あちらで奥さんに少し聞いてきました。あのぉ……、横浜の連絡先わかりますか？」

「うちのやつ、のぶ子のことをきつく言ってなかったかね。長男の嫁が大変なのはよく分かるけんど、ああも妹を毛嫌いしなくてもよかりそうなものだ。それともこの家をのぶ子が乗っ取るとでも思ったんだろうか……、しょうもない」

「あの、のぶ子さんの横浜の住所ですけど……」

「ああ、のぶ子の住所と電話番号ね。家の方に書いた物があるんで、今取ってくるから、ちっと待ってな。それよりのぶ子に何か用事かね」

「一寸古いことなんですけど、十年前のことを少し聞かせてもらえればと思いまして。それに豊島茂さんのその後のことご存じなら教えてもらおうかと……」

「十年前のことって、会社が駄目になったときのことかな。だったらのぶ子に会って聞いたらいい。それと茂さんは死んだよ」

「ええ、豊島社長がですか？　いつ頃のことですか……、何処で」

「会社が倒産して四年経ってからだから、もう亡くなって六年になるんかな。最後は惨めなもんでね、可哀想なものだったよ。茂さんは人が良いから、いいように騙されたんだろうさ。わしも茂さんには随分世話になったもんでね、羽振りが良い頃には横浜にわしらを呼んで豪勢に持て成してくれたり、のぶ子をつれて里帰りしたときも、気を遣って大変なものだった」

彼が言うには、豊島茂は倒産後しつこく追い回す債権者から逃れるため、家族と離別し一人で行方をくらました。故郷の佐賀に戻ったが、仕事もなく直ぐに福岡に流れて行った。その福岡で土木作業員をしていたようだが、既に精神的に打ちのめされていたのか覇気がなく生活も荒《すさ》んでいた。酒に逃れ酒に溺れる日々が続き、体調を崩していたようだったが、医者にも診せずにいたのだろう。二、三日顔を見せないので、ある日仕事仲間が見に行ったら死んでいたという呆気ない最後だったようだ。豊島の持ち物から群馬の住所・電話番号が分かり、福岡の警察から連絡があった。そのころ既にのぶ子は横浜に行ったあとだったが、直ぐにそちらに連絡を入れ、彼も一緒に福岡まで遺体引き取りに付いていったということだった。

赤城を辞して横浜に戻ったときは既に六時半に近く、辺りはすっかり暗くなっていた。高速道路の料金所の手前で車を止め、先ほど書きとめた浅田のぶ子に電話を入れてみた。だが電話はコールし続けたままだった。五分待って、再度掛けてみたがやはり出なかった。出先からまだ帰宅していないのだろう。ともかく彼女の住まいにと、カーナビを駆使して車を発進させた。今夜は会えないかも知れないが、豊島の元の妻や子供の住んでいる所を見ておきたかった。

瀬谷区に入って、卓也は再度電話を入れてみた。コール音が二回、今度はすぐ電話に出た。

「浅田です」という声は中年女性らしく、のぶ子本人のようだった。卓也は会って十年前のことを聞きたいと頼み込んだ、近くまで来ているからと頼んだ。今からでもかまわない、普段は勤めに出ているから、とのぶ子は押し切られたように言ってくれた。仕事先からたった今戻ったばかりのようだった。

卓也はそのままのぶ子の住まいに車を走らせ、七時十五分にその住所に着いた。木造モルタルの古い二階建てのアパートだった。二階の右端の部屋で、浅田のぶ子と書かれた札の貼ってある入り口のチャイムを押すと、直ぐに扉が開けられた。そこに立っていた女性がのぶ子だろうか、じっと卓也を見ていた。先程会って来たばかりの兄に似て、小柄な痩せた体つきだった。四十九歳というには少し年齢を感じさせる面持ちだった。のぶ子に会うなら持って行ってやってくれと、赤城から野菜を預かってきていた。卓也はその重いダンボール箱を入り口のタタキに下ろした。

「これ、先ほど群馬のお兄さんから預かってきました。よろしくって言ってました」

卓也の明るい声に警戒心もほぐれたように、のぶ子は笑顔を見せダンボール箱の蓋をそっと開いて見ていた。

「ありがとうございます。わざわざすいません」

狭い所だけどどうぞ中へ、と言われて卓也は六畳の部屋に通され小さな座卓の前に座った。のぶ子は赤城の様子や兄のことを頻りに聞きたがった。あれからもう八年、実家には一度も帰ってないとのことだった。

「豊島の亡くなったときには福岡まで一緒に行ってくれました。兄には面倒を掛けっぱなしなんです」

のぶ子は座卓の上にあった布巾に手をやりながらしんみりした口調で言った。卓也は十年前の太洋建設が倒産した当時の様子を尋ねた。彼女の話によると、豊島社長は開けっ広げの性格で、家も仕事も区別のないような生活をしていたそうだ。会社が伸び盛りの頃は、頻繁に社員を家に呼んでは酒や食事を振る舞っていた。会社が小さい頃から事務員でいたのぶ子は、結婚してからも社員たちとの接触は続いていた。そんな頃には会社の成り行きや仕事のことがのぶ子の耳にも入っていた。豊島も会社のことを相談したり話して聞かせたりしていた。だが景気が悪くなってからは社員の足も家から遠のき、豊島も仕事のことは家で話すことがあまりなくなってしまった。

「太洋建設が倒産した事情は、私は具体的にはなにも聞かされていなかったんです。あれだけ陽気で口数の多かった豊島が、倒産する二ヶ月前辺りから急に無口になりましてね。というよりあの頃、夫はあまり家に居る時間はなかったように思います、ただ、寝に帰るだけの毎日でしたね。おそらく営業や金策にあちこちかけずり回っていたんだと思います。そんな夫に私は何もしてやれなくて……」

「そうですか、その頃佐久間建設のことは言ってませんでした？」

「佐久間建設さんはいわゆる業界での老舗でしょ。いわば業界では成り上がりの豊島にすれば、ある意味で目標だったんでしょう。急成長していた頃は追いつこうとして、豊島も必死だったでしょうね。でも所詮は悪あがきだったんです」

「倒産した原因は佐久間建設に仕事を取られたからだって、豊島さんが言ってたようなこと耳にしましたけど」

「目指していた佐久間建設に行き着けなかった、その腹いせじゃないですか。倒産は不景気ゆえのこと、会社が儲かっていた折りの杜撰《ずさん》な経営によるものだと思っています。佐久間建設に恨みごとを言っていたのは社長の言い逃れで、自己弁護にすぎないと、私も社員の方たちも皆そう思ってました」

佐久間建設には恨みも何もないとのことだった。これらのことは、午前中に下条敏夫に聞いた内容とほぼ一致していた。

豊島には二人の子供がいた。上が男で二十二歳、下が女で二十歳で二人とも高校卒業後就職していた。

長男は会社倒産の騒動に巻き込まれ中学二年には元の横浜に戻ってきたものの、受験勉強どころではなかった。それでも何とか中堅の高校に入学した。今では卒業後に就職した会社でまじめに勤めているという。そして夜間の専門学校に通って資格をとろうと努力を続けているようだ。母親に似て地味にまじめにこつこつと、といったタイプだとのぶ子は言っていた。娘の方は父親に似てバイタリティーのある性格で、美容師の道を突っ走っているそうだ。

二人とも過去に拘泥《こうでい》するとか振り返るようなこともなく、日々の生活に追われているようだった。子供たちは佐久間建設の存在すら知らないだろうと言っていた。

卓也の追いかけた豊島建設の関係者では、直接影響のあった社長の茂が既に亡くなっている。下条やのぶ子の話からは、修蔵殺害を犯すような者は見当たらないように思えた、少なくとも今のところは……。

5

浅田のぶ子のアパートを出た時は、既に八時を過ぎていた。そのまま自室のマンションに向けて走っている途中で、携帯が鳴った。表示を見ると鈴木専務の携帯からの電話だった。卓也は車を脇に寄せて電話を受けた。

「卓也くん今何処に居る？」

「瀬谷から市内に向けて走っているところです」

「夕方、中本建設の中本克郎についての耳寄りな情報が入った。そのままウチの会社に来ないか」

卓也は佐久間建設の駐車場に車を入れ、五階の専務室に上がっていった。八時四十分を過ぎていた。さすがこの時間だと、フロアーの照明が消えている部所も多い。専務室には鈴木一人がパソコンを操作しながら待っていた。卓也を見て「まあ座れや」と自分もソファに移動した。瀬谷とはまた何で……と問う鈴木に、今日一日の行動を話した。大都建設の下条から話を聞いたことから、浅田のぶ子に会ったことまでだが、鈴木は頷きながらそれを聞いていた。その話が終わると、鈴木は卓也に電話をした本題に話を移した。

「実はウチの営業が余所《よそ》で聞いてきたことなんだ。中本社長は実に精力的に仕事をするが、女に関しても結構活発にやっている。クラブ『S』のママは、中本の女だという噂だし、他にもまだ別に女がいるらしい。でだな、中本社長のアリバイだが、『S』の千明とか言ったママやホステスたちの証言だとすると、当然のこと真実性がなくなるって訳だ。警察はそのことを知っているんだろうか」

犯人の捜査は警察に任せておけば良いと思っているが、殺された佐久間社長や佐枝はいわば身内も同然なだけに犯人に強い憤りを感じている。それだからか、捜査の状況がついつい気になるし、犯人捜しに手を出したくもなってしまう。鈴木はそんなことを言っていた。佐久間社長が死ぬ直前に会ったのが、中本社長だとすれば当然彼に嫌疑が掛かってしかるべきはず。その当たりの捜査は、一体どうなっているのかと、卓也に詰め寄る程の勢いだった。

「それから、下条くんのいる大都建設を調べてみたんだが、従業員三十人程度の設備専門の企業だった。それが中本建設と関係があったんだ。中本建設から仕事を回してもらっているということだ」

それは、中本社長と下条敏夫とが繋がっていると言うことなのか。ということは、あるいは浅田親子と中本克郎とが一本の線で繋がる可能性もあるのか……、だが卓也のその発想に鈴木は「そこまでは、ちょっと考えすぎじゃないか」と否定的だった。そして「どうだ、これからクラブ『S』に行ってみないか」と鈴木は卓也を誘った。


卓也は車を佐久間建設に置いて、専務とタクシーに乗り込んだ。専務は、建設関係者と何度か『S』に行ったことがあるという。タクシーのなかで鈴木専務は、これも噂だがと話した。中本は千明が福富町のクラブに居たときものにして、『S』開店の資金を援助した。だが中本が千明に夢中だったのは一時のこと、そうは永くなかった。あちこちで別の女を追い回していたが、二年も過ぎたころ『S』にいた若いホステスに手を出した。そのサーラとか言うホステスの開店にも資金援助をして、現在はそのサーラの店に通っているという。だがパトロンが居るという話が拡がれば、客の寄りつきに大きく影響する。どこのママも真実を語ろうとはしないようだ。

タクシーはものの十分もしないでクラブ『S』の前に着いた。さっさと店に入る鈴木に卓也も足早に付いていった。週中の木曜日だからか、シートは半分も埋まっていなかった。すかさず寄ってきたホステスに案内されシートに座ったとたん、鈴木は「今日はママいないの？」とさほど広くはない店内を見まわしていた。

「チョットそこまで用足しに……、直ぐもどるわよ。ネエ、あたしじゃだめなの？」

「そんなことはない、若い方がいいさ。ただ暫くぶりだから、ママどうしてるかと思ってね。でもこの店は何時も客で一杯だと思ってたけど……」

「でもウチは良い方、他のお店じゃ売上げゼロの日があるそうよ。景気が悪いのね」というホステス、ミサという丸顔で若干肉付きの良い方が古株らしく仕切っている。そして年下の方がサヤカ、細顔でこてこてのメイクでハッキリしないが狐目のようだ。

「今日は中本社長は来てないようだね」

「あら社長さんお知り合い？　そうね、そう言えば今週は月曜に来たきりかしら」

「毎日来てるってわけじゃないんだ」

「以前はよく見えたようだけど、近頃は週に一度がいいところね」

そして二人のホステスと適当に笑い飲んだ。建築業の古参となれば場慣れしているようで、鈴木は若い娘《こ》の扱いは上手い。気が付くと十一時半を回っている。途中、ママが顔を見せて暫くぶりの鈴木と話し込んでいたが「若い二人、可愛がってあげて」と他の席に移っていった。鈴木は

「寿司でもつまもう」とその二人を連れ出した。佐久間建設の専務だと知っている二人は、二つ返事で付いてきた。鈴木は『S』では出来ない話をしようと、卓也に耳打ちした。鈴木はその通り、寿司を摘みながらダイレクトに聞いていた。

「中本さんは、千明ママのパトロンだって誰か言ってたけど」

「あらそうなの……知らなかったわ」

「またまた惚《とぼ》けちゃって、そうか中本さんほかに女作ったか」

「ウチの店でその話はタブーよ、ママのご機嫌を損なうわよ」

「分かってる、ここだけの話だ、例のサーラかい？」

「なんだ知ってるんじゃない。ホントはあの子ね、ママの妹なんだ。種違いのね、だからサーラはハーフなの」

「パトロンを妹に獲られちゃったってことか」

「そんなとこかな。でも姉妹なんだねえ、今は二人とも社長と上手く遣ってる。何なんだろう、男ってしょうがないね」

姉妹が二人して中本から搾り取ってるんじゃないのか、女は狡猾な生き物だと卓也は思ったが、素知らぬ顔でミサに聞いてみた。

「ねえ、先週の水曜日、中本さん店で酔いつぶれてたらしいけど、ホント？」

「そんなことあったわね、何曜日だったかなあ」

「六日、水曜日だよ。オープンからクローズまで居続けたって？」

「それはないわよ、社長はそんなに早く来ることなんてないもん。でもなんでそんなこと聞くのぉ」

「ねえねえ、専務さんとこの社長が殺された日のことでしょ」

さすがに狐目のサヤカは勘が良い。

「刑事が来て、ママにさんざん詰め寄っていたわ」

「あたしたちもよ、皆んな聞かれたけど、適当……」とサヤカは中トロの握りを頬張る。

「刑事なんて、関係ないもん。警察って嫌い、関わりたくないね」

ミサは、サヤカを見て相づちを打つ。

「あの日はねえ、中本社長、来て直ぐにママから追い出されてた、多分サーラの所に行かされたんじゃないかな。最近サーラの店、ややこしくなってるみたいだから……」

二人の話を纏めると、六日の中本は『S』に立ち寄ったが飲まずに店を出た。サーラの店『サンホセ』に行ったようで、二時間ほどで『S』に戻って来た。千明は妹から「相談したいことがあるのに、社長はこのところちっとも寄ってくれない」と泣き付かれていた様子が二人の電話で漏れ聞こえていたとサヤカは言っていた。そのため中本は千明に追われるようにしてサーラのところに行った、ということらしい。

これが『S』のホステスたちから得た情報だった。卓也はミサから本牧の『サンホセ』の場所を教えてもらった。

十月十五日（金）、卓也は二日酔いで、午前中頭がずきずき、だが、竹原からの電話で昨日の動きを聞かれ、昼休みに会うため会社の近所まで出掛けた。

卓也は昨夜のホステスの話を考えてみた。何処までが冗談で何処までが真実なのか判然としない話だった。深く追究するのも怪しまれると思い、卓也も冗談半分で聞いている振りをした。結果的にそれがいけなかったのか……。だがあのホステスの言うように中本が途中で『S』から抜け出していたなら、佐枝を殺害し遺棄することも可能なはずだ。その殺害動機がなんであるのか。また卓也が犯人であるように見せかける細工を、どのようにしたかという謎が残る。

「でもお酒臭いわね、専務の奢りだからって、無茶飲みしたんでしょ」

「まあ、長い時間飲んでいたから。で、中本社長のことどう思う？」

「佐久間社長の事件では、中本さんはアリバイはないと言えるわね。でも佐枝さん殺害はどうかしら。ホステスたちの言うように、中本さんは『サンホセ』に行ったのかしら、怪しいわね」

「だけど、僕から証拠品を取る暇があったのか。犯人は僕の車から吸い殻とガソリンスタンドの伝票を抜き取り、佐枝さんのサイフと鍵を隠した。僕の車は九時五十分頃から佐久間邸に置きっぱなしだった。佐枝さんが殺害された時間は二十一時二十分から二十二時の間とされている。と言うことは、佐枝さんを殺害した後でなければ僕の車に細工は出来ないことになる。中本はその時間には『S』に居た。彼には不可能なのか」

「でも別の人が手伝ったとしたらどうだろう」

「共犯説かい？　まあ、あり得ないことではないなあ」

卓也は中本建設と下条の勤める大都建設の関係を思いだした。下条の先には浅田親子の存在がある。あるいはそのあたりの繋がりの有る者たちが共謀したなら……、チラットそんなことを考えて見た。

昨夜の深酒で朝食抜きの卓也は、無理して昼食を詰め込んだ。おかげで二日酔いはなんとか引いてくれそうだ。竹原と別れた卓也は、午後、佐久間建設に出掛けた。専務に夕べのお礼をと思ったが、生憎出掛けていたため、秘書にその旨を伝えた。そして昨夜から置きっぱなしの車を駐車場から出し、自室のマンションに戻った。

卓也はその日の夜『サンホセ』に出掛けてみるつもりでいたが、三時半に知美から電話が入った。

「気分転換にボウリングに行こうって北村さんと話したの。二人だけじゃ盛り上がらないから卓ちゃん付き合ってよ、彩香さん誘ってさ」

「今日は金曜日だろう、彼女予定があるんじゃないかな」

「平気、平気、卓ちゃんが誘えば二つ返事で来るわよ。そのあと、カラオケね」

ボウリングにカラオケとは、大人びた口を利きくわりにまだ学生なんだなと思った。卓也は、知美からの伝言として、竹原の携帯にメールを入れた。仕事中のはずの竹原から折り返すように返信メールがあった。

「知美さんを励ます会に、喜んで参加しま～す」とあった。

その晩予定していた『サンホセ』には行きそびれてしまった。

6

翌十六日のことだ。守口への電話を終えた卓也は、知美の携帯に連絡した。

「今、授業中じゃないのかな？　電話大丈夫？」

「大丈夫よ、今日は土曜日でしょ、卓ちゃんボケたんじゃないの？」

「そうか今日は土曜日だったんだ。ここの数日仕事に行ってないんで曜日の感覚がなくなっちゃったのかな」

「私ね、もう殆ど単位取り終わっていて、授業のある日が少ないの。それに今の時期は友達が皆就職活動の追い込みに掛かって一所懸命なのよ、だから土曜日でも一緒に遊んでくれる人いないの。そんな訳でまだ私、部屋にいるのよ」

「知美は就職しないの？」

「お父さんは就職しないで家にいなさいっていってたの……。でもそのお父さんもあんなことになってしまったでしょ。だから就職しようかと思っているんだけど、出遅れちゃって、これからだと良い就職先なんか残ってないんじゃないかな」

「そうか、大変だな。だったら知美は佐久間建設に入って仕事をしたらどうなんだい」

「だって社長の娘が事務員で入るわけに行かないでしょうし……」

「そうか、何かとややこしいんだな。それはそうと少しばかり頼みがあって電話したんだけど、良いかな」

「私に出来ることなら、良いわよ」

「じつは父さんの葬儀の時に手伝ってくれていた人に会ってみたいんだけど、一緒に会ってもらえるかな」

「ええ良いわよ、どうせ暇だから。で、誰に会いたいの？」

「商店会の若い人、ほら交通安全委員で来ていた人たち、葬儀の手伝いのお礼を言いがてら二、三確認したいことがあるんだ」

「たしか三人来ていたわね。良いわよ、これから直ぐに？」

「そうしようか、今僕は佐久間邸の居間にいるんで……」

「なあによぉ、卓ちゃん下にいるの？　バカみたい」

二時半を少し回ったころ、卓也は知美と一緒に家を出た。葬儀を手伝ってもらったお礼は町会を通して済ませてあったが、手ぶらで行くのもおかしいからと卓也は途中商店街で手土産にと和菓子を用意した。二人は道筋の順番で、先ず若松屋酒店の松原稔を訪ねた。その店は商店街の中程にあって、ワインや洋酒を前面に出した小綺麗な店構えだった。夕方の配達にはまだ間があるのか、若旦那は店の奥で所在なさげにしていた。知美がまず葬儀の手伝いの礼を述べて、店内を見回した。

「お酒に縁がないので暫く来てなかったけど、お店、綺麗になりましたね」

「親父の代は昔ながらの酒屋だったからね、お酒は日の光を嫌う物だから、直接日が入らないようにしていたんです。それもあって、店内はなんか暗い感じだった。でも良いお酒、特にワインなんかは見た目も明るくスマートに飾らないと美味《おい》しそうにはみえないでしょう。私の代になって思い切って若い人向けに改装したんですよ。お陰で最近は女性客もふえてね。今時、酒は親父どもの物だけではないってことですか」

たしかに陳列されている酒はワインが中心で、デザインの凝った焼酎瓶も目を引く。日本酒やウイスキーのコーナーは、隅に押しやられたようになっていた。卓也はそれらを見まわしながら、確かめたいと思っていた本題に入った。

「ところで、お通夜の三日前の晩に佐久間の家の近所で車の事故があったこと聞いてませんか？

少し雨が降っていた日の夜のことですけど……」

「さあ、ここのところ事故の話は耳にしてませんね。この近所で車の事故があれば交通協会のほうから、私たち町の交通委員に連絡があるんですけどね」

「あの日葬儀を一緒に手伝ってくれていた若い二人が、車を盗まれたなんて言ってませんでした？」

「ああ、今田さんとこの息子さんね。それこそ、あのお通夜の三日前に盗られたそうで、あの日の朝のうちに交番に被害届を出したって言ってたね。盗られたのは夕方で、車で一旦出掛けたけど忘れ物を思い出して家に戻ってのことだった。店の裏の駐車場に車を止めて、忘れ物を持って車に戻ったら、もう車が無くなっていた。その間二十分弱だったそうでね、鍵を入れっぱなしにしておいたから盗られたんだろうって、頻りに残念がってたね。南町署の交通課でも言ってたけど、近頃はこの界隈で車の盗難がかなりあるそうでね、嫌な時勢になったものだね」

「誰かその盗難の前後を、見ていた人いはなかったんですかね。夕方って言うとまだ暗くなる前のことですよね」

「あの日は夕方からしょぼしょぼと雨が降り始めたんで、通行人もなかったのかもしれないな。肌寒い日だったね」

「秋雨……ですか」

次に行った肉屋では、千田圭太は母親と二人で夕方の総菜用のサラダ作りに専念していた。知美が圭太に礼を言うのを、母親は側でマッシュポテトをコネながら聞いていた。

「わざわざご丁寧にすいませんね、良いんですよお礼なんて。この子は馬鹿だから少しでもご近所の役に立たないと駄目なんですよ。人のお世話になるばかりじゃ可愛がってもらえないよって、何時も言ってるんです」

「母ちゃん、すぐひとを馬鹿だって言うんだから……、格好悪いからよせって言ってるだろう」

圭太はちょっと愚痴っぽく言いながらも、サラダ作りの手を休めなかった。そんな圭太に知美が言った。

「あの時一緒に手伝ってくれた今田さんとは同級生？」

「そうなんだよ、お宅の姉さんの佐枝さんとも一緒だ。小学校の五年と中学の時には同じクラスだったぜ」

母親は圭太の話を脇から取ってしまった。

「あの英一君ね、うちの圭太と違ってね、学校では何時も成績が良くてトップクラスだったんですよ。高校は地域一番校に入って、両親は鼻高々でしたよ。あの高校に通ってるのは、この商店街では少ないんだもの。それで良い大学に受かったのは良かったけど、二年もしないうちに中途で辞めちゃったんですよ。もったいない話だわね、でもなぜかこの馬鹿と気が合ってね」

「英ちゃんは友達があまりいないから、俺が付き合ってやっているんだ。でも良い奴だよ、気むずかしいけどね」

　そう言う圭太に、知美は聞いてみた。

「お通夜の三日前の夜のことだけど、うちの近所で車の事故があったんだって。圭太さん知ってる？」

「さあ……、この辺じゃあ最近は事故なんかないよ、電信柱に擦ったとか、車同士の軽い接触事故なんかは分かんないけど、人身事故は暫く聞いてないなぁ」

　不機嫌そうな答えだった。少し離れて入り口近くに立っていた卓也は、圭太の背中に問いかけた。

「交通安全委員だと、事故の情報は直ぐ入るんじゃないの」

「ああそうだよ、交通課の警察官とは結構付き合いがあるし、駅前の交番の巡査とは仲良いからな。交通安全週間のあいだは、朝の小学生の登校の時、交差点でずっと立っているしね」

「毎日続けるんでしょ、それって結構大変な仕事だね。ところで今田英一さん、車盗られたんだって？」

「うん、そう言ってた。まだ買って半年しか経ってないのになあ。悔しいだろうな、俺なら泣いて騒ぎまくっちゃうんじゃないかな」

　知美が口をはさんだ。

「今田さんはそんなに残念がってなかったの？」

「英ちゃん、あちこちで言いふらしていたけど、結構けろっとしていたね。そのうち何処かから出てくるさ、って言ってたっけ」

話をしながら知美は、美味しそうな匂いをさせているコロッケに目がいっていた。たまらなくなったのか、揚げたてのコロッケとサラダを夕食用に買った。知美と卓也は小母さんが勧めるまま、その場で熱々のコロッケにソースを掛けて一つずつほおばった。香ばしい油の香りとポテトの感触が口いっぱいに拡がった。

「このあと、一寸今田さんのところにも寄ろうと思うんだけど、この時間に英一さんいるかしら」

店の時計が四時半を指しているのを見ながら、圭太は言った。

「店の配達がなければ、自分の部屋でパソコンいじってるんじゃないかな。一寸聞いてみるよ、待ってな」

圭太は手を拭きながら店の隅へ行き、携帯電話を取り出して今田に電話をしていた。

英一が店にいることを圭太に確認してもらった二人は、商店街の外れにある今田建材に向かった。商店街がとぎれたほんの少し先に建っている四階建てのこじんまりしたビルは、今田建材の店舗兼住宅のようだった。白っぽい建物から、間口よりも奥行きの方が大きいのだろうと思えた。

店に入るとスチール棚がズラーっと何列も並べられ、商品が一杯に詰められていた。奥で英一の父親らしい中年の男と、それより少し年下と見られる男子店員が一人、店番をしていた。卓也が英一を訪ねてきたことを告げると、すぐに本人が二階から降りてきた。知美は早速英一に葬儀を手伝ってもらった礼を言った。

「英一、二階に上がってもらったらどうだ」

父親に言われた英一は、先に立って二人を二階に案内した。二階にも棚が並べられ商品が置かれていたが、奥の半分ほどのスペースは事務所と簡単な応接室になっていた。案内された事務所にはスチールの事務机が四つと書類棚やロッカーが置かれパソコンが二台置かれている。そのうちの一台は今まで英一が使っていたのか、立ち上がっていて液晶画面に何処からかダウンロードしたのだろうアニメキャラクターが現れている。その事務所の脇にある応接室は八畳ほどの広さなのだろうか、応接セットの他に大きなサイドボードがどんと据えられていて、部屋がかなり狭く見えた。

「わざわざ礼を言いに来てくれたの？　そんなに気を遣わなくてもいいのに」

英一はそう言いながら、二人を鶯色のレザー張りのシートに座るように勧めた。

「父の葬儀では思いの外参列者が多くて、商店会の三人が交通整理やら車の誘導を応援してくれたのでホント助かりました。そのうえ姉の葬儀にまでお手伝い頂いて……、有難うございました」

「圭太と酒屋さんが交通整理をして、僕はその補助だったからたいしたことしてませんよ。でもお父さんの葬儀、台風が逸れてよかった」

一頻《ひとしき》り葬儀の話が続いた。英一は口数も多く、いかにも爽快そうに振る舞っていた。卓也は頃合いを見て話題を変えた。

「ところで、伯父が殺害された日の前日、つまり五日の夜のことだけど、佐久間の家の近辺で車の事故があったこと聞いてないですか」

「五日のこと……？　知らないなあ。そうそう、五日ってたしか火曜日だったね、俺が車を盗まれた日だよね。あの日は俺、ちょっと寄り合いがあって出掛けてたよ。俺の車が盗まれたんで、店の白いライトバンでね。雨が降って嫌な夜だった」

「やっぱり事故は無かったのかなあ、伯父の勘違いだったたってことか」

「伯父さんが何か言ってたのかい」

「事件の前の夜、伯父から電話があったんですよ。用件を話し終えたあと、車の事故のことをチラッと言ってたようだったんですがね」

英一は事務所のパソコン画面に目を遣っていたが、アニメキャラクターが映っているだけだった。事故についての話がつきたのか、二人の会話に間が空いた。黙って二人の話を聞いていた知美は、隣の事務所にあった二台のパソコンの方を向いて言った。

「今、事務室で、あのパソコンを使用していたんですか？」

「そう、日中は事務所でね。俺、インターネットでうちのホームページを作って立ち上げてあるんだ、注文も受けられるんだぜ。それで、何時もその検索なんかしているんだ。結構そのホームページで注文があるんで、オヤジも驚いていたよ」

「ゲームやなんかもここでしているの？」

「それは上の自分の部屋でしかやらないよ。オヤジに見つかると、また遊んでいるってうるさく言われるんでね。ちゃんと自分専用のパソコン持ってるよ、十九インチの液晶のヤツをね」

卓也には英一がそのパソコンにのめり込んで、毎日を過ごしている様子が目の前に見えるような気がした。ひたすらパソコンゲームに夢中になって、普通の人の感情が失われてしまってはいないだろうかと英一を見つめた。

まだ温かみの残ったコロッケを持って、二人が佐久間邸に戻ったのは五時半を過ぎていた。


十八日（月）、卓也は会社には二週間の休暇の許可を受けていたが、担当していた現場が気になって昼から様子を見に顔を出した。この建設中のビルは表通りに面していて、敷地が二〇〇平方メートルに満たない比較的小規模な物件だが、七階建ての鉄筋コンクリート造りだった。思った通り卓也が休んでる間に、工程はかなり進んでいた。四階スラブまで生コンの流し込みが終わった段階で、全て型枠が外れるのはまだまだ先のことだった。久しぶりの現場、各人と顔を会わすごとに悔やみや慰めを言われて、事件の状況の説明に手間取ってしまった。現場を監督する上司には「早く戻ってこないと、休みも取れない」と嫌みを言われてしまった。思わぬ長居をして時間を費やしたため、竹原との待ち合わせに遅れはしないかと気を揉む始末だった。

十五分遅れたが、卓也が途中でメールを送っておいたので、竹原はすこぶる機嫌が良かった。もっとも彼女は、少しぐらい卓也が失敗しても大目に見てくれる。それに今晩は、彼女が前から行きたいと言ってた洋食屋に行くことも、ご機嫌の要因のようだった。「美味しい料理を食べて、少しは気を休めなさいよ」と誘ったわりに、二人の話は結局事件から離れなかった。それでも、レンガ積みと木材とで出来ている、古いままのインテリアの店は、さすがに評判通りの絶品のビーフシチュウを食べさせてくれた。自家製のパンも美味しかった。

「何か卓也さんの話を聞いてると、話がぐるぐる回っているみたいだわ。そして話は振り出しに戻った、なんて……」

「そうか、振り出しに戻ったのか。振り出し……か」

卓也は早々とデザートを食べ終わると、フォークを皿に置いてグラスを手にとった。竹原がフォークでケーキを小さく切るのを見ながら、ゆっくりと水を飲んで、ため息を吐くように呟いた。

「そういえば父さん、妙に事故のこと拘《こだわ》ってたな」

「えぇ……?」

「ああ、あのね、事件の前の日、つまり五日に父さんから電話があったんだ。その時の電話で父さんは、たまには顔を見せろよって……、母さんの法事の相談もあるしって言ってた。そのあと『今、帰ってくる途中に家の直ぐ側で凄《すご》い事故を見てしまってね。運転していた若い男はすっかり慌てて被害者を車に乗せて、病院に急ぎますからって走って行ったけど、気の毒にな』って、確か言ってた」

「事故を目撃したっていうこと？」

「そういうことになるな。ひょっとするとその事故が、一連の事件になんらかの関係があるとしたらどうなんだろう」

「どういうことなの？」

「分からないんだ、でも何か気になるんだ。それで十六日、つまり一昨日の土曜日にあの地区の交通安全委員に事故がなかったか聞いてみたけど、ノーだった。で、何かおかしいとは感じたけど、そのまま何もしてないんだ」

　卓也は携帯をもって席を離れ店の外に出た。佐久間邸に電話をすると和代が出た。

「あら卓也さん、こんばんは。まだ知美さん帰ってないですよ。卓也さんがいなくなって知美さん寂しそうよ、この大きなお屋敷に私と二人だけですもの」

「和代さん一寸聞きたいんだけど、父さんが殺される前の晩のことなんだけど、和代さんその近所で自動車事故があったこと知らない？」

「旦那さまの亡くなる前の日ですか？　いいえ、知りませんよ」

「夕方から雨が降りだした、十月にしては肌寒い晩ですよ。ほら、和代さんが温泉に出掛ける前の晩のことなんだけどなあ」

「ええ、あの晩のことはよく覚えてますよ。旦那様が出先から直接電車でお帰りになって、すっかり濡れてしまわれて、直ぐに着替えを用意しましたもの。でもあの晩、車の事故があったなんて、私聞いてませんですよ」

「家の前を左に出て、駅の方角に一寸行った交差点だと思うんだけど、和代さんその近所の人で顔見知りの人いる？」

「ええ、ご近所ですから、皆さんよく知ってますよ」

「悪いんだけど、あの晩……、十月五日・火曜日の夜に車の事故がなかったか聞いてみてくれないかな。時間は父さんの帰宅する少し前だから、八時を過ぎた頃かな。出来れば今直ぐに……、お願いだから」

「分かりました、で卓也さんは……？」

「うん、今直ぐそっちに行くよ。ああ、竹原さん……彩香さんも一緒だから……、食事は今済ませたからね」

第四章　十月十九日（火）

1

　卓也と竹原が佐久間邸に着いたのは、八時を十五分ほど過ぎていた。知美は卓也が和代に電話をした後直ぐに帰宅して、夕食も一人で済ませたと言っていた。車の事故の話はすでに和代から聞いていて、そのことをもっと詳しく聞きたがった。肝心の和代は早速ご近所へ情報収集に出掛けてしまって、何処かで話し込んでしまったらしく、まだ戻ってきてはいなかった。

　知美にせっつかれて、卓也は和代に頼んだことを詳しく説明した。

「その事故のことが、直接父さんの事件に関わりがあるのかどうか分からないんだ。でも僕のなかで、何か一寸引っかかるものがあってね。あるいは、父さんの事件とはまったく関係がないかも知れないけど……」

「そうとは言い切れないでしょ、無駄かも知れないけど当たってみましょうよ。彩香さんも来てくれてるんだから、和代さんが戻って来たら、あの辺りの他の家も三人で手分けして回ってみましょう」

それから十分ほどして戻ってきた和代は案の定一軒目の家で、その家の主婦に足止めを食って長々と雑談していたといった。早速、四人は二人ずつ組んで、二手に分かれて交差点付近の三軒に聞いて回った。その結果、確かにあの五日の夜に、事故があったことは皆んなが認めていた。

「まだ八時半になってなかったかしら、ドスーンと大きな音がしてね、おやまた事故かねと思って覗いたけどしとしと雨でしょ、ここから見ていただけで傍までは行かなかったわ。それにブレーキの音はしなかったようだったし。ここの交差点ちょくちょく事故があるんですよ、でもたいていはキーっていう大きなブレーキの音がするんですけどね。まあそれで半信半疑、覗いてよく見ると黒い大きな車がライトをつけたまま止まっていましたよ。その車の前辺りを若い人が動き回っていたのが見えたんです。そう言えば佐久間さんのご主人、側で指示していたようでしたよ。あの佐久間さんも先日亡くなられたんですってね、お気の毒にね」

事故のあったと思われる道路の交差した付近の三軒とも、皆んなが同じようなことを言っていた。

「そう言えばおかしいね、そのあと車が走り去って、救急車や警察なんか来なかったようだったけどね。被害が何もなかったのかな」

家に戻った四人は満足げに顔を見合わせた。知美は早速卓也に問い質した。

「ねえねえ、卓ちゃん、どういうことなのよ。今調べた五日の車の事故っていうのが、お父さんの事件とどう繋がると思ってるの？」

「まだ何とも分からないんだ。それよりさっきの家の小母さん、黒い大きな車って言ってたよね？」

「それがどうかしたの？」

「明日、南町警察に行って、確かめてみるよ。話はそれからだね」

「何よ、教えてくれたって良いじゃない。ケチなんだから……」

拗ねてみせる知美に返事も出来ず苦笑している卓也を見て、竹原は助け船をだした。

「知美さん、卓也さんの頭の中、まだもやもやなのよ、きっと……。そっとしておいてあげましょう」

「分かった、その代わり今晩は二人ともここに泊まってくれるわね。私、和代さんと二人きり毎晩寂しい思いしているのよ。でも勿論、二人は別々の部屋だからね」

十九日（火）朝九時半、卓也は歓迎されないことを覚悟で、またまた南町署に顔を出した。予め携帯に連絡をいれておいたため、守口は刑事課の自分の机に戻っていた。

「おう、卓也くんか、今日は朝から何だね。事件が解決しそうなんで慰労会でもしようって言うのかい」

守口は冗談で卓也を迎えた。身内が殺されて悲惨な思いでいたにも関わらず、容疑者扱いで散々な目にあった卓也に、労る気持ちがあったからだろうか。卓也も軽口で応じた。

「いえいえ、そんなことは決してありませんよ。あの一連の事件の解決には、まだまだほど遠いいんじゃありませんか」

「何だよ、嫌なことというじゃないか。捜査本部じゃ容疑者を一人に絞って調書を作成しようとしている矢先にだぞ、また何か文句を付けに来たのか？　なんならもう一度、あんたを容疑者として取り調べようかね」

「いいえ、捜査に文句を言いにきたんじゃないですよ。それとは話が違うんですけど、一寸お願いがありまして……。佐久間の伯父さんが殺害された前日、つまり十月五日の火曜日にあの辺りで車の事故がありませんでした？　時間は大凡《おおよそ》夜の八時半のころだと思うけど……、一寸調べてもらえませんですかね」

「車の事故？　それじゃ管轄が違うじゃないか。下の交通課に行ったら？」

「そう言わないでくださいよ。僕が行ったってなかなか良い返事してくれないでしょ、それより、鬼より怖い守口警部補さんが一声掛ければ、たちまちのうちに調べが付くっていうことじゃないですか」

「このぉ……、俺が何時から鬼より怖くなったんだ。まあ、突っ立ってないでその辺に座れ、今聞いてやるから。手間賃、高く付くぞ……」

　そう言いながら守口は直ぐに内線で交通課と話をしていたが、ものの一分もしないうちに受話器を置いた。

「その時間帯には管内で事故の発生は一軒も無かったそうだ。日付と時間、間違いないだろうね」

「おかしいですね、事故を目撃している人が何人もいるんですけどね。それに被害者も連れ去られたようですし……」

「待て待てそれが事実なら、それこそ大変なことだぞ。ひき逃げ事件っていうことになるじゃないか。事故を隠滅させ、逃亡……、それで事故の被害者はいま何処にどうしているんだ？」

「さあ、それはこちらさまの領分でしょうね、とにかく調べてみてくれませんか。一寸、気になるんです」

「卓也！、おまえのその『一寸、気になるんです』は怖いな。おまえがその台詞を吐くと決まって大問題になる……、で、今度はなんだ」

「さあ、どうってことなければいいんですがねぇ」

　卓也は言葉を濁らせた。

　守口は卓也が帰ると直ぐに所轄の刑事課長の元に急ぎ、卓也からの通報内容を報告した。そして署内にいた所轄の刑事を集めた。守口は手の割《さ》ける三人と、直ちに事故があったと目される交差点に出向いた。四人は手分けしてその辺の家々に聞き込みを開始した。その結果、周辺の住宅から数件の証言が採れ、卓也の報告したとおり事故の発生が確認された。十月五日の二十時二十五分に、富士見町○○番地交差点で人身事故が発生したことに間違いなかった。

十一時、南町署に戻った守口刑事たちは、結果を課長に報告して、交通課と鑑識を交えて現場捜索の打ち合わせをした。

午後の十三時から、所轄の鑑識と警察官十数名は現場を文字通り角から角まで丹念に捜索した。事故当日は弱いながらも秋雨が降っていたため、タイヤ痕はおろか証拠品も綺麗に洗い流されてしまったようだった。だがさすが鑑識の仕事は完璧で、執念で事故車の塗料片と思しきものを数片道路脇の堆積した砂の中から採取した。持ち帰って分析に回したことは言うまでもない。

翌二十日（水）九時半、結果を聞きに卓也が守口の前に現れた。

「おやまた九時半に現れたか、おまえは建築現場に勤《いそ》しんでいればいいんじゃないのか、今日は仕事をサボったのか。それでぇ、今日は何なんだい」

「車の事故のこと、捜査の結果が知りたいだけですよ。それで今、会社から現場に行く途中に立ち寄ってみたんです」

「そうか、それでは通報者の卓也殿に結果を報告しとかにゃならないな。署を上げての捜査の結果、事実は卓也先生の言うとおりだったよ、おかげで事故が闇に葬られることだけは何とか避けられた、感謝するよ。だがな、いまだに被害者も被疑者もないままなんだよ、どうする？」

「当然あちこちの病院はすでに捜索済みでしょうね。それで被害者と思われる該当者がいなかったということですか。とすると、被害者は何処か冷たい土の下に埋まっているか、横浜港の海中に沈められているか……、あるいは監禁されているということもありうるでしょうか。守口さん、最近、行方不明者や失踪者の届けは出ていませんか？」

「またえらい物騒な話じゃないか。そこまで話を発展させるってか？」

だが、守口にはチラッと頭を掠めたものがあった、思い当たることがあったのだ。

「その可能性が充分に考えられるんですよ。で、事故を起こした車の種類は限定出来ましたか？」

「いやまだだ、鑑識で目下調査中だそうだ。そっちは時間が掛かるぞ」

「車種が特定できたら、今度はその車種を販売しているディーラーを一軒一軒当たっていく……。そして、その車種を購入した人物をリストアップして該当者を絞り込む。気の遠くなるような話ですね」

「人ごとみたいに言うな。全ておまえが蒔いた種じゃないか。少しはこっちの身になって考えてみろよ」

「ですからこうやって来ているんですよ、参考になるかどうか……。その車種はこれじゃないですか」

卓也はメモを守口に手渡した。気のない態度で左手でそれを受け取った守口がメモに目を落とすなり、右手に持ち替えジッと見入っていた。守口は固まってしまったかに見えた。暫くしてメモから目を離して言った。

「おまえこれは何だ、どういうことなんだ」

「それは僕の憶測にすぎません。でもそのメモ通りだとすれば、最初からの全ての事件の辻褄があうんですけど」

「……」

「その線で調べて見るっていうのはどうですか。一連の事件の犯人が富永忠好で決まりと言うときに、申し訳ありませんが……」

「こらこら、まだ容疑者が一人に絞られた訳じゃない、特定の名前を口にするんじゃない。しかし全くだぞ、えらい手間を掛けさせるぜ」

「でも真実は曲げられませんでしょう？」

「分かった、だけどあんたそんなのほほんとした顔してえらいこと考えるな。どっからこんな考えがでてくるんだ？」

守口を初め所轄の刑事たちは、本庁捜査一課の指揮する捜査方針には日頃から少なからず抵抗を覚えていた。その捜査本部では、今直ぐにでも富永忠好で決着を付けようとしている構えだった。そんな時に、それに異を唱えるかのごとき卓也のメモが現れ、守口は内心密かに喜びを感じたのか口元が綻《ほころ》んでいた。

　卓也の引き上げたあと、守口は、先日自分で受け付けた捜索願の書類を引っ張り出した。その申請書では、南関東大学生の津島道夫が失踪した日付が確かに十月五日となっていた。しかも彼が最後にさしかかった場所が同じ富士見町、津島が最寄りの駅を降りたのは二十時十五～六分、事故のあったとされる時間にドンピシャだった。

　守口は慌てるように上司の課長に報告するとともに、仲間の所轄の刑事たちや鑑識課の署員に事故の被害者と思われる者のことメモの内容を告げて回った。

2

　一方その二十日の夕方にあった捜査会議では、若干の動きがあった。

　かねてより容疑者の一人と目されていた中本のアリバイが崩れたと、捜査に当たっていた所轄の守口刑事から報告があったのだ。

　事件発生の翌日には中本の疑惑が浮上して、七日の捜査の時点で中本本人から事情聴取を行っていた。捜査に当たった刑事たちは、そのあとクラブ『S』に回って中本のアリバイを確認していた。その時の聞き込みで、中本がカンバンまで飲んでいたとホステスに言われ、そのまま真に受けて中本のアリバイを確認したとし報告していた。捜査本部もその聞き込みに基づいて、中本にはアリバイありとしたのだった。だが中本のアリバイが虚偽であるとの通報が十五日に本部に寄せられた。

捜査が膠着を見せていたこともあり、その報告を取り上げることになった。修蔵の死亡推定時間に佐久間邸を訪問していた中本への疑惑が蒸し返されることになった。七日にクラブ『S』にアリバイの裏を取りに行った刑事たちが追及され、再度聞き込みをするように命じられた。

十五日の夜、前回担当した刑事たちは、再度クラブ『S』に聞き込みに行った。だが、ママの千明は「前にも言ったように、六日には中本社長はこの店で酔いつぶれてました」と証言を変えることがなかった。前の晩、鈴木専務と卓也が胡散臭げに聞き回っていただけに、千明は警戒してホステスたちに口封じを言いつけたのだろう。再度聞き込みに現れた刑事にとっては、間が悪かったとしか言いようがない。

だが、卓也から、六日の晩クラブ『S』を中本が中抜けしていたことを聞いていた守口は、後日所轄の若い刑事を連れて捜査を始めた。そして卓也の忠告通りに、千明ではなくホステスのミサとサヤカを店の外に連れ出して聞きだした。

卓也の言うとおり、中本は千明の妹サーラの店『サンホセ』にも資金援助していることが判明した。そして六日の夜、中本は『サンホセ』に行って二時間ほどで『S』に戻ったと言っていた。

守口刑事は『サンホセ』に出掛けて探りをいれた。やはりママのサーラにではなく、チャラチャラした軽そうなホステスに狙いを付けた。意外にも中本はその日は店に来てないということだった。「だってママ、その日は店に来るの遅くて十時過ぎてた」ホステスはそう言った。

その晩、中本は『サンホセ』には行ってないことが明らかになった。中本の証言は嘘とばかり、刑事たちは騒ぎだした。それが二十日の捜査会議で報告されたのだ。早速中本を引っ張って追及する提案が出された。だがアリバイの証言が偽りだったというだけで、他に中本が犯人だという確証がある訳でもない。もう少し中本を泳がせ、彼の周辺を徹底的に洗い直すことに決まった。本命の第一容疑者、富永忠好の捜査が最重要課題だったのだ。

守口と若手の刑事、所轄が勝手に動き回ったことに一課からクレームが出された。言い出した張本人は大森で、服務規程違反は捜査に支障をきたす、懲罰ものだと訴えていた。だが、出過ぎだとはいえ、守口たちの聞き込み捜査に成果があったことに代わりはない。結果オーライでお咎めなしに終わった。所轄の連中は顔を見合わせて目尻を下げた。

そして、守口刑事には、まだ隠し玉が残っていた。それも卓也から得た情報で、中本建設に、太洋建設の残党らが絡んでいるらしいことだった。旧太洋建設の関係者は修蔵殺しの動機がある連中として、調べてみる価値はあった。

3

十月二十一日（木）の未明、神奈川県の中央部にあたる相模川の河原で車が炎上しているという通報が一一〇番に寄せられた。

直ちにパトカーが現場に駆けつけた時には既にワゴン車の炎は弱まり、所々で小さな炎がくすぶり続けている状態だった。四時二十分のことだった。パトカーより数分遅れて到着した消防車が直ちに消火にあたった。だが車はすでにまる焦げで、殆ど焼けただれた金属そのものという有様だった。

車の中には運転席に座っていたと見られる被害者が一人、外に同乗者はなかった。だがそれも真っ黒に焼けこげた衣類が炭の状態でへばり付き、性別さえ判断出来かねる状態だった。

後部座席には火に炙《あぶ》られて溶けたポリ缶の残骸が一個と、新聞紙と見られる燃えかすが発見され、周囲の状況から焼身自殺と思われた。

テレビの朝のニュースでの報道内容はそこまでだった。

消火後、消防署の現場検証は簡単に済んだ。そのあと、座間警察署の鑑識官たちによる検証がなされた。鑑識は遺体の身元と死亡原因との判明のために、焼けこげた車内を捜索した。だが、被害者の所持品はみあたらず、衣服は下着にいたるまで焼けこげていた。助手席に合成皮革製のボストンバッグの燃えた残骸があった。その中にはタオルと見られる布にくるまれた置き時計が一つ入っていただけで、身元の割り出しの手がかりになるような物はそれのみしか見当たらなかった。他に遺留品はズボンのポケットに玄関キーと思われるものが一つ残されていただけだ。

炎上した車はいわゆるミニバンと称するワンボックスカーで、燃えて鉄板化したナンバープレートから車番を照合したところ、その車は盗難車の届け出がされていた。

その日の午後には、鑑識からの報告があった。焼けこげた遺体は二十歳～三十歳の男性で身長は約一七五センチ・痩せ気味ということだった。

解剖の結果、気管支や肺が高熱に晒された形跡が有り、鼻腔内に煤《すす》もこびりついていた。覚悟の自殺ではないかと推測されるとあった。

その事件を昼のテレビのニュースで知った卓也は、午後一時を過ぎてから守口刑事の携帯に電話を入れた。守口は午後からの聞き込みの段取りを決め、出かける寸前というところだった。

「守口さん、今朝のあの焼死体は、もう身元が判明しました？」

「おう、あの無惨な炎上車のことか。余所の署のことだから何とも分からんが、おそらくまだじゃないか。何だい卓也さんよ、あっちの事件に首突っ込もうっていうのかい……、あんたは佐枝殺害の容疑者から外れた訳じゃないんだ、そう、まだ容疑者だと言うことを忘れないでくれよな」

「燃えた車の持ち主はどうですか？」

「そんな事まで俺が知るかい、あれは座間署の管轄だからな」

「一寸調べてもらえないですかね。テレビを見て一寸気になりましてね、ひょっとすると僕の知ってる人かも知れないと思ったりしましてね」

「分かった、待ってろ」

守口は卓也からの電話を保留にはせず、別の受話器を取って座間署に連絡を入れ、知己の間柄にある青柳刑事を呼び出した。二人は警察学校の同期生だった。そして守口の名は義次、青柳は嘉治と漢字は違うものの読みは同じヨシジだった。学校時代同期生の仲間たちから同じヨシと呼ばれていたことが二人を親密にした切っ掛けだった。その青柳刑事は、昨夜まで合同捜査本部の置かれた南町署に詰めていた。だが、朝方起きた炎上事件で、急遽座間署に戻っていた。

「なんだい、南町署のヨシか。そっちのおやじさん殺害の事件の捜査は順調か、こっちは娘の事件もまだ取っ掛かったばかりだって言うのに、今朝になって焼身自殺が発生しててんやわんやさ」

「何言ってるんだよ、夕べまで一緒の本部にいたじゃないか。もっとも、お互い使いっ走りだがな。ところで、その焼身自殺のことだがな、こっちで何か参考になりそうな情報が採れるかも知れん。一寸そっちの状況教えてくれ」

「そいつは助かる。で、何を知りたいんだ」

「まず仏さんの身元は分かったか、それから燃えた車の所有者は……？」

「焼死者の身元はこれからだ。消失した車は盗難車の届けが出ていた。所有者は今田英一、使用場所は……、おや、お宅の管轄内だな」

守口の声は大きい。置きっぱなしの受話器からそのやりとりが、携帯を通して卓也の耳に届いていた。とぎれ気味ではあったが、今田という名前が卓也の耳に届いた。そして十六日に知美と一緒に会った商店会の若者を思い出した。パソコンオタクに見えた英一は、車が盗難にあったことを盛んに吹聴していたことが想い出された。

受話器を勢いよく置いた音が響き、守口は別の受話器を取り上げ卓也に今聞いたままを説明した。

「聞いての通りだ、参考になったかな。それでどうする？」

「実は少し心当たりが無いでもないんですよ。でもまた捜査の邪魔するといけないんじゃないかなって……、それに僕、まだ容疑者の分際だしね」

「何だよ、何だよ。もったいぶってないで、そんならそうと、さっさと言っちまいなよ……焦らせないで……」

「おや、守口さん、また急に態度が変わったりして……。向こうの署では当然気が付いて、捜査しているとは思いますけど、あの車が燃えた場所って佐枝さんの遺体があった場所の直ぐ近くでしょう？　ということは、燃えた人は佐枝さんに関係している人、もしくはあの事件に関連があるとか……。だから自殺にしろ他殺にしろ、あえてあの場所を選んだ。守口さんあちらでまだなら、調べる価値は充分にあると思いますけどね」

「そうか、そういう見方もあったか。卓也さんよ、今日は冴えてるね。ありがとよ」


卓也の言った推測に飛びついた。守口は卓也からの電話を切ると、すぐさま座間署に再度電話を入れた。焼けた車の所有者を聞いてきて、たった今切ったばかりのはず……。その守口から再度の電話に、青柳嘉治刑事は嫌み気味に返事をした。

「今度はどんなご用件ですかな、ヨシジ殿」

「焼身自殺だってねぇ、いやな事件が続くよなぁ」

「こっちは人が足りなくててんやわんやでね。焼身自殺なんかするんなら何も内の管轄内でやらなくったって良いだろうに。もっと暇な署が沢山有るんだろうから他でやって欲しかったね」

「ところがあんたん所じゃなければ駄目な理由《わけ》があったりしてよ」

「おいおい何だよそれは、こっちは忙しいんだから……、冗談言いにわざわざ二度目の電話してきたんじゃないんだろう。用件は何だ？」

「そうかりかりしなさんな。その口調じゃ未だ仏さんの身元が判明してないようだな。なら言うけど、車が焼けた場所は佐枝の遺体が発見されたのと同じ相模川の河川敷だろう？　燃えた男と……、おっと男女の判明はまだだっけ」

「いや男だ、二十歳から三十歳にかけてのな、そのことはもう昼過ぎの記者会見で言ったはずだぜ、それで？」

「その男と、佐枝殺人事件が関係しているから、同じ場所なんじゃないのかい？　むしろ同じ場所じゃなければならなかった」

「ええっ……？」

「案外、焼死体は佐枝の夫の富永忠好だったりしてな、捜査本部で佐枝殺しの容疑者として目下手配中じゃないのか？」

「おう、ありがとうよ、電話切るぞ……」

担当の青柳刑事は、守口の言ったことに閃《ひらめ》きが見えたように思えた。そして刑事課の課長にそのことを報告すると、早速富永忠好が居候を決め込んでいる女のアパートに電話を入れた。だがその電話に出たリサは、素っ気なく富永忠好の不在を告げ「夕べから姿を見せないよ、あんちきしょう何処へ行っちまったのか」と無愛想に電話を切った。それを見ていた課長は、出先で捜査中の他の刑事たちに緊急連絡を入れ、富永の立ち回りそうな先に行って捜索するように指示を出した。

まだ日の高い日中のこと、富永が居るとすればパチンコ屋あたりだろうと刑事たちは目星を付けた。分散して管内のパチンコ屋や喫茶店、ネットカフェなどを探して回った。だが何処にも忠好の姿は無かった。刑事たちから次々と入る連絡は課長に任せ、青柳は十四時四十分にリサの住まいを訪ねた。比較的新しい、小綺麗なアパートだった。

二階の隅から二番目の部屋のチャイムを押して暫く待つと、スッピンの女が顔を覗かせた。どう見ても富永よりずっと年上のように見える、部屋で燻《くすぶ》っていたと思われる女に青柳はいきなり問い質した。女の脇から覗くと、部屋の中は意外に小綺麗に片づいている。

「富永忠好……、今何処にいるのか知らないか」

「あたしが知るわけないでしょ、あんたたちのほうが知ってるんじゃないのかい」

「奴はここに寝泊まりしているんだろう？　あんたの可愛い奴だよ」

「だから、昨日から帰って来やしないんだよ、何処の女の所にしけ込んだか分かるもんか。忠好が潜り込んでいる所、あたしが教えてほしいよ」

「昨日は何時まで奴と一緒にいたんだ？」

「昨日……？　店に行くまでズーッと二人でここにいたよ。部屋を出たのは四時半頃、あいつがハンバーガー喰いたいって言うから、早めに出たんだよ。店に入ったのは五時十五分頃だったかな。仕込みがあるからね。ねえ、あいつ又何かやらかしたのかい？　それとも前の捜査の続きってこと？」

「いや、ちょっと会って聞きたいことがあってな。それで、昨日、そのあともずーっと一緒だったのかい？　最後に富永を見たのは何時だった？」

「六時には他の女の子たちも出てきたんで、掃除やらなにやらであたし皆んなと一緒だったからね。それから客が来だして……、でも十時半過ぎて十一時半頃かな、忠好はカウンターの客を相手してたっけ。その後カウンターの客が引けてフロアーの客だけが残ったんで、あたしたち皆んなそっちにいたのよ。その頃から忠好は店の中にいなかったみたい。いつの間にかふけちゃったんだ」

「二十三時三十分までは店にいたんだな、それから何処へ行ったか知らないか？」

「だから言ったでしょ、あたしが教えて欲しいんだって……。ねえ、忠好の奴何処へ行ったと思う？」

「ところであんた、リサこと浜寺聖子だったな、幾つだ？」

「何だよ急に、あたしの年なんて関係ないだろうが」

「あんたの今言ったこと、調書に書き込まなきゃならないんでね、後々残るからな、きちんとしておかないとな」

「三十二だよ」

ちょっと中に入らして貰うぞ、と同行していたもう一人の刑事がリサの脇をすり抜けて中へづかづか入り込んで行って、部屋のなかを見回していた。

「富永の私物はちゃんとあるじゃないか、何処へも行きやしないよ」

そう言いながら風呂場やトイレを覗いていた。そして洗面所の電気髭剃り機をいじっていたが、蓋をあけて中の剃りカスを採っていた。

その刑事は数本の髪の毛と髭の剃りカスを署に持ち帰って早速鑑識に回すつもりだった。焼死体から採取した肉片とそれをＤＮＡ鑑定で比較させるのだ。だがその結果が分かるのは数日後になってからだ。

「富永は、歯医者に掛かったことなかったかな」

「そう言えばあいつ夜中に虫歯が痛み出して、転げ回っていたよ。それで朝になって歯医者に駆け込んだことがあったね。今年の春だったかな、それから歯医者通いをしてさ。治療費を出してやったの覚えているよ」

「何処の歯医者へ行ったか分からないか？」

「さあ、何処だったかな。その時に歯医者の名前聞いたような気がするけど、覚えちゃいないね」

「何処の歯医者だか位はわかるだろう。富永の出身地の歯医者か、それともこの近辺だったか」

「そりゃあこの近くに決まっているじゃないの。面倒くさがりのあいつがそんなに遠くまで行くわけないもの」

「そこいらに診察券が置いてないかな、探してくれよ。嫌なら俺が探そうか？」

「何でそんな物が要るのよ……。忠好が死んだっていうのかい？　遺体の確認っていうことなんだね、そうなんだろう？」

「いや、まだ分からないんだ。なにせ黒こげになった焼死体でな、身長が一七〇センチほどだから男だろうってことなんだよ」

リサは慌てて奥に行ってゴソゴソやっていたが、暫くして診察券を持って出てきた。

「これだろうか？」

青柳が歯医者の名前と電話番号、日付などを手帳に記入しているのを見ていたリサは、顔色を変えて詰め寄るようにして言った。

「ねえ、忠好死んじゃったの？　その焼死体ってやら……忠好だったの？　嘘だよね、あいつ死んでないよね」

「落ち着いて……、まだ何も分かってないんだから。富永の可能性もあるんじゃないかっていうところなんだよ。俺が、間違いでした、って電話するのを期待して待ってろよ……、な」

青柳刑事は早速その歯科医に電話をしたが、コールを続けても一向に出る気配がなかった。木曜日の午後は休診なんだろうかと、五分ほどしてかけ直した。「ご予約ですか」という事務員らしい女性に、名前を告げ院長に取り次ぐように言った。だがバカ丁寧な言葉で、今治療が始まったばかりで、三〜四分は手が離せないと回りくどく言った。青柳は電話を切ると、急ぎその医院に車を回した。院長と言ってもまだ四十前だろうか、医師一人と歯科衛生士兼事務員の女性三人のこぢんまりした歯科医院だった。マスクを外しながら出てきた医師に、事情を言ってカルテを調べさせた。パソコンからプリントアウトした富永のカルテとレントゲンフィルムを持って、青柳は鑑識に駆け込んだ。そのカルテに書かれた治療歯が焼死体の治療歯と、ドンピシャ一致した。そしてレントゲン……、結果はバッチリだった。守口刑事の半分冗談がヒットして、焼死体は佐枝の夫の富永忠好に間違いないと判明した。十七時三十分のことだった。

青柳刑事はリサのアパートに急いだ。出勤前のリサは気をもんで待っていたのか、チャイムの音で飛び出してきた。

「どうだったの？　忠好じゃなかったんでしょ」

「すまん、相模川沿いでの焼死体が富永忠好とほぼ確定した。電話じゃあんた納得しないだろうと思ってな。直接言いに来たんだ」

リサは左手を壁に突いて身体を支えるようにしたまま、暫く無言だった。だがたたみ込むように、早口で青柳に言った。

「ほぼ確定……でしょ。まだ忠好って決まった訳じゃないよね」

懇願するようなリサの眼差しに、青柳は戸惑った。残された者への報告は何時もこんな調子で、嫌な仕事だった。

「まあな、でもな、九〇パーセントは決まりだ。あの焼死体は忠好なんだよ」

リサは青柳の言うことを聞いたのか、耳に入らないのか、突っ立ったままだった。

「忠好の両親まだ健在なんだろう。そっちにも知らせなければならないんだけど、住所何処だか分かるか？」

リサは黙ったまま、気の抜けたようにして奥の部屋に入っていった。暫くして古いハガキを一枚もって出てきて青柳に手渡した。宛名は富永忠好となっていたがここのアパートの住所とは違っていた。差出人は母親だろうか、福島県になっていた。


ちょうどその頃、卓也は佐久間邸にダークグレーの愛車を置いて、徒歩で商店街に向かっていた。

十七時半、卓也は今田建材に入って、英一を呼んで貰った。英一は二階に居たのか、直ぐに降りてくると「どうしたの、今頃」と不審そうな目で卓也を見ていた。

「今、帰る途中なんですけど、チョット英一さんに知らせておこうと思ったことがあるんで……。今朝、相模川の河川敷で車が燃えたこと知ってますか？」

「いいや、知らない。何時頃のこと？」

「明け方の四時頃ってＴＶのニュースで言ってました。運転席で一人の焼死体が発見されたようなんです。警察では焼身自殺と見ている模様だって、アナウンサーは言ってましたけど。実はその車は盗難車で、元の持ち主が今田英一さん、つまりあなたっていうことらしい」

「一寸待って、俺の車ってどういうこと？」

「つまり英一さんの盗まれた車が、焼身自殺に使われたっていうことらしいんですよ」

「ホントかよ、どこからそんなこと聞いたの？」

「それが一寸込み入った話なんですけど、佐久間の伯父さんや佐枝さん殺害の嫌疑が僕に掛かっているんです。それで何度も警察に呼ばれて、いやんなるほど取り調べられたんです。で、今日も呼び出しが掛かって、南町警察署まで行ってたんですよ。そこで帰り際に、担当の守口刑事から聞いたことなんですけど……」

「それって本当に俺の盗まれた車なの？　間違いない？　あの車は知美さんのお父さんが殺された、あの事件の前の日に盗まれたんだよ。十月五日のことで、雨が降り出していたなあ。夕方出掛けた途中で忘れ物に気が付いて取りに戻って、店の裏の駐車場にほかの車と一緒に止めたんだ。ほんの一寸のことだからと、鍵はそのまま車内のコンソールに置いたままだった。でも店に入ったら丁度得意先から電話が掛かってきちゃって、その処理に手間取って二十分位掛かったかな、外に出たら車が無くなっていたんだ。五時十分頃だったよ。そのときは、てっきり親父が乗っていったのかと思ってたんだ、盗まれたなんて考えもしなかった。それに急いでいたんで、置いてあった店の白いライトバンで出掛けてしまったんだ。次の日の朝、俺の車を勝手に使わないでくれって文句いったら、親父に知らないって言われて初めて盗まれたと気が付いて、慌てて警察に届けたのさ。親父に怒られたよ、だから何時も鍵は掛けておけって言っただろってね」

「そうなんですか、その盗まれた英一さんの車が、どうして相模川の河川敷で燃やされたんですかね」

「しかし酷い話だな、どういう事情にせよ人の車を盗んで、それで焼身自殺をするなんて……、そいつ何を考えているんだろう。そいつなんだろう？　俺の車盗っていった奴は。警察は何て言ってた？」

「分かっているのは燃えた車が盗難車で、元の持ち主が今田英一さんだっていうことだけのようですね。焼死した人が誰なのか、その人がその車を盗んだ張本人なのか、今の時点ではまだ何も分かっていないみたいです」

「そうなんだ、俺のところにはまだ何も言ってきてないけど、追っつけ車のこと聞きに来るだろうね。俺、今朝から外に出っぱなしだったから、留守中に電話でもあったのかも知れないな」

「でもその車はまだ買って間もなかったんでしょう？　大損害を被ったことになるんですね、ホント残念ですね」

「車両保険が掛けてあるから大丈夫だと思うよ、なんとか新車になって戻って欲しいな。ＣＤが十枚位と、携帯電話用のイヤホンなんかと、ゲームソフト一本を置きっぱなしにしてたから、そんなのが駄目だろうね。大損だよ、悔しいね……。そうか、まだ身元が分からないのか。そんなに黒こげになっちゃったのかな」

「男女の区別も付かない程だって、今朝のテレビでは言ってましたけど、現時点では捜査が何処まで進んでいるのか分からないなあ」

「犯人はどんな奴なんだろう、ホント腹が立つよなあ。俺の車、黒のミニバンだから、若い男が乗り回していたんじゃないかな、結構カッコ良い車だからなあ。でも自殺するなら、なんで他の場所でしてくれなかったんだろう。そうすれば、車は無事に俺の所に戻ってきたのに、盗んだ車で焼身自殺するなんて変な話だよなぁ」

「何かの事情で追いつめられたその男は、最後にかっこいい車を乗り回して死にたかったのかも知れないですねえ。それに、五日の日に車を持ち去った犯人が、なにも焼死した人間だったとは限らないし……」

　今田は卓也の言葉に、一瞬困惑したようにも見えた。

「ええっ、それってどういうこと？」

「今田建材の裏の駐車場から車を盗んでいった犯人が、何かの事情でその車を乗り捨ててしまった。あちこち乗ってガソリンが無くなったとか、事故を起こしてしまったとか……。そのあと他の誰かがその車を拾って乗り回したあげくに自殺してしまった、なんて言うことも考えられるんじゃないですか」

「なるほどね、二段がまえね、そんなことも想像できるのか。いずれにせよ、俺の車は盗まれて、燃やされたことには違いないんだろうね」

「そのようです」

「そう言えば圭太の奴……」

「肉屋の圭太さん？」

「ここだけの話だからな。友達を悪く言いたくないんだけど、あいつ悪い癖があったんだ。中学の頃無免許で店の車を始終乗り回して補導されたことがあった。だけどあいつの車好きは異常なんだ。俺が新車を買うと、隙を見ちゃあ無断で乗り回すんだ。何度もだぜ、事故でも起こされたらマズイから止めろって言ったけどな」

「最近もですか」

「新しい車はキーレスになっているから無理だけどね」

「でも五日は盗まれた」

「ああ、あの日のことか、急いでたからな。エンジンかけっぱなしだったからね。電子キーを車内に置いたままでね。あとでオヤジに怒られたよ」

4

焼死体が富永忠好と判明したことによって、捜査は一気に進展を見せることになった。燃えた車の中の運転席の脇に置いてあった、大理石の置き時計が事件解決の決め手となった。それは佐久間邸から紛失した物と同じ型の時計だった。木綿のタオルに包まれ、合成皮革のバッグに入れられ助手席の床に置かれていた。車内で一番低い位置にあったことが幸いしたのか、バッグは完全に燃えて炭化していたが、幾重にか包んであったタオルは表面の二枚ほどが黒く焼けこげただけですんだ。そのタオルの焦げた一枚目から二枚目までを剝がすと、何層かに重なった中側は燃えずに残っていたのだ。どうやら大理石の時計は直接炎に晒されることなく済んだ。鑑識に持ち込んだその時計からは指紋は検出されなかったが、堅い大理石の角からルミノール反応が検出された。そして血液検査の結果、僅かに残されていた血痕はO型のものだった。それは六日に殺害された佐久間修蔵のものと同じ血液型だった。

座間署では、その大理石の置き時計は修蔵殺害の凶器と考えてさしつかえないものとし、南町署の捜査本部に報告した。

捜査本部はざわめいた。かねてから、佐久間修蔵殺害は富永忠好がやったのではないかと主張する者が多かった。富永は舅の佐久間修蔵と揉めて、傍の置き時計を摑んでなぐり殺してしまった。そのことが佐枝にバレてしまい、詰め寄られたあげくに佐枝も殺害して、河原に捨てた。そんな推理立てをして富永の犯行を裏付ける状況証拠と物的証拠の入手に捜査を絞っていた。その矢先での焼死だった。富永は警察の執拗な追及に逃げられないと思い、罪の意識も手伝って自ら死を選んだのだろうと、そんな意見が主流を占めた。

二十一日（木）十八時三十分、緊急の捜査会議のため全捜査員が招集された。会議では最後の詰めとばかりに、全員で富永忠好の周辺を洗うことが言い渡され檄《げき》が飛ばされた。それは佐久間親子連続殺人の容疑を富永に絞り込むための、証拠固めの捜査と言っても過言ではなかった。

その夜、炎上事件の処理のため、座間署に戻った青柳刑事が守口に電話を掛けてきた。

「富永は、女房殺しと舅殺しを悔いて自殺したってことで一件落着なのかな」

「悔いて自殺するくらいなら、殺したりしなけりゃ良いのになんて言うのは結果論。捜査の手が回りそうな強迫観念に迫られての自殺、という見解が上層部を占めている」

だが、忠好に会って事情聴取をしていた青柳は、内心不満のあるような口調だった。

「だけど富永忠好ってやつは、見掛けはナヨナヨしただらしのない奴だけど、どうしてどうして、結構チャッカリした抜け目の無い奴だったぞ。どう見ても自殺するような玉じゃないと思うぜ」

「富永は自殺する奴じゃない？　じゃあ何か……奴は殺されたっていうのか、おまえそれは大変な発言だぞ。何か根拠はあるのか？」

「いや、そういうつもりじゃないんだ。ただ、富永っていう奴は、ぬらりくらりして叩かれようが蹴飛ばされようが平気な顔でいられる、そんな打たれ強い性格に見えた。並の神経の男とは思えないんで、富永が自殺したことに少々驚いているっていうことだけさ。気にしないでくれ」

いずれにしても富永忠好の佐久間修蔵殺しの容疑は、非常に濃いものとなった。だがこの時点では、捜査本部は佐枝殺害の犯人は、まだ夫の忠好と断定してはいなかった。


守口刑事は帰り際に卓也の携帯に連絡をいれた。

「お陰さんで焼死体の身元が富永忠好と判明したよ。富永があの車を盗んで、修蔵を殺害した後に佐枝を片づけるための足に使ったと見ているんだ。いずれにしても、これで事件解決の目処《めど》が付いたわけだ。あんたのお陰だ、ありがとうよ」

このことを守口から知らされた卓也は、考え込んでしまった。まだまだ問題が残っていると言うのに、そう早々と結論づけてしまっていいのだろうか。富永は、何時何処で車を盗んだのか、そして今井英一が盗難届けを出した記述に間違いがないのか。だとしたら盗んだ時期が、何故佐久間修蔵を殺害するその当日ではなく前日だったのか？　富永は何をするつもりで、前日にその車を盗んだのか。修蔵を殺害した後、妻の佐枝のいるアパートに急いで移動し、彼女を殺害するためだったのか。そして佐枝の遺体を相模川の河川敷まで運ぶために車が必要だったのか。そうであるとしたなら、一連の殺人事件は計画的だったことになる。だが修蔵の殺害に関しては、現場を見る限り計画的な犯行だったとは何とも考えにくい。百歩譲ってもしそうであると仮定したら、警察によって盗難車としての手配がされている車を、炎上させるまでの十六日の間どうやって何処に隠していたのか。

事件解決までは、まだまだ謎が山積していると卓也には思えた。

翌十月二十二日（金）、二週間休暇を終えて、卓也は昨日から出社していた。とはいえ昨日は上司からの電話で、直接現場に回った。だからその日、久しぶりに朝から支社に出勤したことになる。無理矢理の休暇だったお詫びと事件のその後の報告をするための事務所への出勤だったが、新たな注文の見積もりやアチコチへの電話で午前中は潰れてしまった。そんなことで、肝心の竹原と話をする余裕さえなかった。

昼の休憩時間、近くの定食屋で竹原と食事をしながら、昨日守口から聞いた捜査状況をやっと伝えることが出来た。そして警察が犯人を富永に絞り込んだことへの疑問点を並べ上げてみた。竹原は身を乗り出して「それならこっちで調べましょうよ」と大張り切りの体《てい》だった。場所を変え昼休み中話し込んで、結局会社の帰りに二人でリサのアパートを訪ねてみることになった。

そして退社後、教えて貰ったリサのアパートに二人が着いたのは十八時十分、その日リサは遅い出勤の日だったのか、忠好の死亡で気落ちしてしまったのか、まだ部屋にぐずぐずしていた。

「僕、富永佐枝の従弟……といっても弟のようなものだけど。佐久間卓也って言います。で突然なんだけど富永忠好さんについて少し聞きたいと思って、お訪ねしたんです」

「ああ佐枝さんって忠好の奥さんだね。殺されたんだって？　気の毒だったね。それで忠好が奥さん……佐枝さんを殺ったって言うの？　それで忠好を取ったあたしに恨みでも言いにきたっていうのかい」

と、いきなりまくし立てるリサに一歩ひきながらも、卓也は竹原に後ろから突つかれてやっと言い出した。

「いいえ、そんなんじゃないんですよ。実は、佐久間修蔵と富永佐枝を殺害したのは僕じゃないかって、警察は疑っているんです。でも昨日の朝、富永忠好さんが車で焼け死んでしまった。警察は今度は忠好さんが真犯人じゃないかと、疑いの目を向けているんです。証拠は幾つかあるようですけど、肝心の弁明するはずの本人が死んでしまっている。欠席裁判みたいなもの、死人に口なしで、富永忠好さんが連続殺人犯ということで警察は幕を引きそうなんですよ」

「警察は犯人を早く挙げたいから、勝手に決めてかかっているんだろう。忠好は人殺しなんかできないよ、あいつそんな悪じゃないよ」

「僕もそう思ってます。忠好さんが犯人ではないように思えてならないんです」

卓也の脇から、竹原がリサの顔を見つめて言った。

「忠好さんて、優しい人だったんですね」

「優しいんじゃなくて気が弱いだけなのさ。優しいって言うのは、相手のことを気遣ってあげることだろう？　だけどあいつはそんなたまじゃなかった。こんなこと言ったら相手に怒鳴り返されるとか殴られるとか思って、言いたい言葉をひっこめる臆病な奴だよ。いつもビクビク人の顔色を窺っているような奴だったのさ。背ばっかりひょろひょろ伸びて、からっきし弱虫なんだよ。カッとするようなこともまるでなかった。あたしと結構永い付き合いになるけど、衝動的にお膳をひっくり返すようなこと一度もなかったよ。あたしの父親がそんなだったから、母親やあたしたち子供はいつもビクビクしてたんだ。大きくなるまで、男って皆んなそうだと思って育ったのさ。だからあたし、忠好みたいな奴が安心して一緒にいられたんだ。そんなところが可愛いかったのかもしれないね。そんな忠好のような男に、人なんか殺せると思う？」

「はい……、ところで忠好さんなんですけど、ハッキリ言ってお金にどん欲な方だったと思います？」

「そんなことないよ。あいつ欲はあまりないほうだったね。ガツガツして金を稼ぐような生き方より、楽しくのんびりと生活していたかったんじゃないかな。そんなところが、良い家柄の成績優秀・優等生の佐枝さんとはそりが合わなかったんだろうね。佐枝と一緒にいると息が詰まるって、よく言ってたよ。忠好には、努力して少しでも良い思いをしようなんて気はあまりなかったと思うよ」

「それじゃ、佐枝さんとの離婚の話に承知しなかったのは何故なんだろう。伯父さんの申し出にも承知しないでいたのはどうしてかな」

「それはあたしだよ。あたしがあいつに言ったんだ。取れるところからは大きく取ってやれ、簡単にＯＫするんじゃないよって教えてやったんだよ」

「そうすると……」

「そうさ、忠好は直ぐにでも離婚の印を押しそうだった。あいつは金にも佐枝さん本人にも、それほど未練がなかったね。誰が殺したのか知らないけど、忠好をあんな風に死に追いやったのはあたしかも知れない……」

「忠好さんが自殺したとは思えない？」

「あいつ、自殺するようなたまじゃないさ、追いつめられたらスルッと身を代わして逃げるさ、柳に風ってね。それで何処かでまたのほほんと、平気な顔して生きていく……、そんな奴なんだよ」

「最後に一つ教えて下さい。十月六日の事件の夜のことなんだけど、本当のところはどうなんだろうか？　忠好さんのハッキリしないアリバイのことなんだけど」

「あいつが死んじゃったんだからもうそんなことどうでも良いだろう？　あんたもそのほうが容疑がはれて助かるんじゃないか？」

「でも疑われたまま、というかやってもいない罪を被って死んだ忠好さんは浮かばれないんじゃないかなあ。それに真犯人……、本当に悪い奴が何喰わぬ顔をして生きていくのも癪に障ると思いませんか」

「そうだね……、本当のところか」

「ええ……」

リサはじっと卓也を見て、渋っていた。そしてちょっと間があったあと、目を卓也から逸らした。

「店にミユキっていう女《こ》がいるんだ。まだ若くてね、ピチピチしてるのさ。そいつが前から忠好に色目つかって、ちょっかい出してたんだ。忠好って背が高くて、イケメンだからね、たぶんあの晩ミユキとどっかへしけ込んだんじゃないかな。あたしこれでも結構焼き餅焼きだから、そのこと認めたくないし口にしたくもなかった。あいつが戻ってきたら、そのまま知らん顔して受け入れてやるつもりだった。あんた幾つ？」

リサは突然竹原に声を掛けた。竹原は面食らいながらも応えた。

「二十八です……」

「あんたのほうがさ、年上なんだろう？　しっかり捕まえてなきゃこの可愛い奴、誰かに取られるよ」

「私、そんなぁ……」

二人がリサのアパートを出たのは十九時に近かった。駅の近くまでは十分ほどで着いたが、その間彼女は口を利こうとしなかった。卓也は小綺麗なスパゲティ店に入って夕食を取ることにした。まだ食事時間には早いからか、店内は客が疎《まば》らだった。卓也はとびきり辛いペペロンチーノを選び、彼女はシーフード・クリームパスタを注文し終えたあと、改まったような口調で、話し出した。

「ここのところ立て続けに事件が起きて、皆の目が新しい事件の方にいってしまっているでしょう？　警察の関心も、佐枝さん殺害の捜査から富永忠好の焼身事件に移ってしまっているんじゃないかしら。そういう私たちだって、今日は焼死した富永忠好のことで動いている。でも原点に返ると伯父さんの佐久間修蔵さんが殺害されたことが、まず一連の事件の始まりだったのよね」

「まあそういうことだけど……」

「そして、佐枝さんが殺された。それは殺害動機さえ分からないままでしょ、捜査どころではないわね。でも初めの修蔵社長の事件の捜査は、今どうなっているのかなぁ」

「父さんが何で殺されたのか、殺害された理由、つまり犯人の殺害動機がまだハッキリしていない、そういうことかい？」

「そうね、名誉職が欲しかった中本社長が時間的には一番苦しい立場にいるんでしょうけど、動機がもう一つ弱いし……」

「それで、警察が疑っているのは僕っていうわけ？」

「でも今度は富永忠好に容疑が移っていったのね」

「そう、しかも彼が焼死した車から、父さんを殺害した時の凶器と思われる大理石の置き時計が出てきた」

「それでさっきのリサさんとの話じゃないけど、警察は富永忠好が一連の殺人事件の犯人と見ているのね。彼が追いつめられたあげくに、焼身自殺を図ったっていうことに結論づけそうなの？」

「そうなんだ、それでその燃えた車っていうのは、実は盗難車だった。車の元の持ち主は父さんの家の近所の若者だった……」

「なんか話がぐるぐる回ってるみたい、振り出しに戻るみたいで……。でも、どれもこれも中途半端みたいで終わっちゃうのかなあ」

「振り出し……、そうだね振り出しだね。父さんが殺害された、それが振り出し、そこから全てが始まったってことなんだ」

5

一方、その前々日、二十日のこと。

卓也がメモを手渡して立ち去った後、守口は直ぐに行動を開始した。先ずメモの内容を課長に報告してから、所轄の刑事たちと鑑識の署員に告げて回った。

だが守口と他の二、三名を除いた残りの刑事たちは、佐久間卓也という人物を詳しく知っている訳ではない。だから彼が守口に手渡したメモの内容に異論を唱える者が何人かいた。守口のやや興奮ぎみに動き回る姿を見て、一民間人の若造の言うことに振り回されるなんて、まるで茶番そのものだと鼻でせせら笑う者までいた。卓也を見たこともない鑑識課の者たちに至ってはましてのことだった。

それでも、卓也の通報によって、このひき逃げに繋がっている事故が明らかになったのは事実だ。そのことは否定できないだろうと、守口は皆に説いた。その守口の言葉に従って、とりあえず鑑識では座間署管内で起きた自動車炎上事件の車種の資料、特に塗装のサンプル数点をメーカーから急ぎ取り寄せた。次の日の朝に届いたその資料と、富士見町での事故現場で採取した塗装片とを早速にも比較検討してみた。その結果、なんと寸分の狂いもなく一致してしまったではないか。

しかし二十一日の十八時三十分から行われた捜査会議では、一連の事件の容疑者・富永忠好が焼死したことが伝えられた。そして被疑者死亡のまま事件の幕が下ろされる雰囲気だった。最後の詰めの捜査に全員努力するように言い渡され、守口の言う交通事故立証には気が乗らなかった。

だが、二十二日（金）には事故車の車種が特定されたことが鑑識から報告された。それによって今田が盗難届を提出したその車が、人身事故を起こしていたという意外な事実が判明したことになる。そして今田の盗難届けでは、五日の十七時十分に車が盗まれたことに気づいたとある。盗難は彼が車を裏の駐車場に止めた十六時五十分から、車の消失に気づいた十七時十分の間ということになる。僅かに二十分の間のことだ、前々から狙っていて出来ることではない。たまたま通りかかった犯人が、今田がキーを置いたまま車を降りたのを見ていた、あるいはエンジンも掛けっぱなしだったのかも知れない。犯人はこれ幸いとその車に乗って逃げた、ということなのだろうか。そして、その車によって事故が引き起こされたのは、その日の二十時二十五分だ。その事故の時点に、誰が車を運転していたのか。また、盗まれたとされる十七時頃から事故を起こす迄の三時間あまりの間、車に乗って立ち去った窃盗の犯人は何処に行っていたのだろうか。

先ず考えることは、車の窃盗犯と事故を起こした者とが同一人物であるかどうかということだ。そして次に考慮すべきは、その窃盗犯が翌日佐久間修蔵の殺害事件と関わりがあるのかということだ。

　捜査本部では車の盗難と事故、それに修蔵殺し……、それら一連のことが卓也のメモに繋がる根拠が何処にもないとしていた。卓也のメモは荒唐無稽な話と頭から否定していた。そしてそのメモによって右往左往する所轄の刑事課たちの様を見て、一課の者たちはただ嘲笑《あざわら》うだけだった。捜査本部はあくまで富永忠好が真犯人である、という説を曲げようとはしなかった。車も今田建材の駐車場から富永が盗んで、その逃走直後に事故を起こしてしまったと憶測していたのだ。そして予《かね》てから計画していた修蔵殺害そして佐枝の殺害が妨げられることを嫌った富永は、事故の被害者を何らかの方法で始末して事故そのものを隠蔽してしまった。現にその事故の現場に修蔵が居て、運転者と何やら話をしていたことが近所の主婦の証言で明らかになっていた。捜査本部ではそんな筋立てを推論し、被疑者死亡のまま書類を作成し送検する方針に変わりはなかった。


たしかに卓也の推理は荒唐無稽といわれてもしかたがなかった。物的証拠はおろか状況証拠すら何一つありはしない。しかも事故を起こした運転手を、現場で見ているのは修蔵だけだ。近所の人たちは、秋雨の降る中、誰も現場には近づいてはいない。そしてその只一人の目撃者である修蔵も既に亡くなっている。事故の被害者の存在すらも明らかになっていないままだ。

　守口たち所轄の刑事は、事故を起こした車が二十二日に特定されたあとは、何処から捜査の手を付ければ良いのか判断に迷っていた。

だが、十二日に三人の学生たちが出していた捜索願によって、事故の被害者が津島道夫であることがほぼ確定したのだった。


二十四日（日）、佐久間邸に泊まっていた卓也は、十時過ぎにやっとベッドから出て、一階のリビングに降りていった。知美は既にそこに降りていて、テレビで海外旅行の番組を見ながらコーヒーを飲んでいた。卓也も和代の煎れてくれたコーヒーを飲みながら、新聞を最後のページから丹念に読み出していた。久しぶりのゆったりした雰囲気に浸っていた。そんな卓也に、キッチンから和代が声をかけた。

「卓也さん、トーストかベーコンエッグか、作りましょうか？」

「いや、いらないよ、何時も朝は食べてないから……」

「あら以前ここにいたときにはちゃんと食べていたじゃない。男の一人暮らしって駄目なのかしら……」

脇から言い掛かりをつけようとする知美を手で制しながら、卓也は言った。

「この前の圭太くんとこのコロッケ美味《うま》かったよね。熱々にソース掛けてさ。一寸買ってくるよ」

卓也は急に思い立ったように立ち上がると、そそくさと出かけてしまった。あとに残された知美は肩すかしを食ったような顔をしていた。

卓也は商店街の肉屋の前に着くと、ショーケース越しに中をのぞき込んだ。壁に掛かった時計は十一時十分前を指していた。店の内には圭太も母親も見えないで、五十歳前後の白衣を着た太めの男が、大きな肉の塊を切り分けていた。まだコロッケは揚げてないようだった。

「圭太さん居ませんか？」と卓也が声をかけると、圭太の父親らしいその男は眼をあげることもなく言った。

「奥でテレビ見ているよ、勝手に入りな……」

手を休める様子はない。卓也は店の脇に回って中に入り、ステンレスの大きな冷蔵庫の横から奥の部屋の方に入った。そこには八畳ほどの畳の部屋があり、真ん中に大きめの座卓が据えてあった。圭太はその前に座ってテレビのお笑い番組を見て、時折一人で声を出して笑っていた。少しの間その様子を見ていた卓也は、テレビの音に負けないように部屋の中に大きな声を掛けた。

「こんちはぁ」その声に圭太は振り返った。

「ああ、卓也か、何だい？」

「この間はありがとう、色々聞いちゃってさ。ああ、コロッケ美味かった」

「今日はまだ揚げてないよ」

「うん、後でもらうよ、それより一寸外に出ない……？　コーヒーでも飲もうよ」

「いいけど、余り時間ないよ。十一時半から御客が来だして、店が忙しくなるから手伝わなきゃならないんだ」

　圭太は奥の母親に声を掛けて店を出て、商店街を先に立って歩いていった。二〇メートルほど先の一本目の角を曲がると、そこの筋はもう商店は疎らにしかなく、一般住宅がびっしりと立ち並んでいる。その七、八軒目の左側に道路から僅かに引っ込んだかたちでティールームがあった。間口が二間ほどのその店は、入り口が左側に少し引っ込ませてあり、脇に『ｃａｆｅ　ロートレック』と書かれた電飾看板が置かれていた。白い壁に小窓のある右側の前は、五、六段にレンガを積んで囲った花壇になっている。かなり年期の入ったようなその花壇は、手入れがまったくされてないようだった。数本の植木が勝手に枝を伸ばして、根元には成育の悪い雑草がひしめいている。

　木枠のガラス扉を引いて入ると、店内はやや暗い茶系の落ち着いたインテリアになっていた。奥に向けて長いカウンターが店の三分の一ほどを占め、アンティークな木製のテーブルと椅子が五セット並んでいた。店内全体が濃い茶色の板で統一されているのは、十数年前の流行なのか。脇の壁板にはロートレックのポスター画が二枚、額に入れ飾ってあった。カウンターの中にはとうに五十歳は過ぎたと見られるふっくらしたやや丸顔の女性と、似たような顔つきのやや痩せ気味の若い娘がいた。

　店に入って躊躇なく隅のテーブルに席を取った圭太は、ブレンドを注文した。

「俺、この店はよく来るんだ、英一なんか入り浸りだよ。あのママ、結構話を聞いてくれるんでね。それに、あの娘《こ》が一寸可愛いだろう？」

　カウンターの中からそのママが声を掛けた。

「圭太さん、モーニングどうします？」

「そっか、まだ十一時になってないのか。俺、貰うよ、卓也は？」

「やめておくよ、あとで千田屋のコロッケ食べたいから……」

「この間はポテトコロッケだったな。今度はうちのオリジナルを喰ってみな。チャーシューを煮込んだ汁を入れてあるから、中味ちょっと茶色っぽいけど美味いぞ。昔はそれだけしか作ってなかったんだってさ。でも最近はクリームコロッケとかカレーコロッケとかそっちのほうが客受けするみたいだな。でもオリジナルのコロッケは、今でもずーっと人気があるんだぜ」

「それじゃオリジナルとカレー味のをあとで貰うよ、知美ちゃんはクリームコロッケのほうがいいのかな」

「知美ちゃんどうしてる？　身内が一遍に二人も死んじゃって……可哀想にな。落ち込んでるだろうな。俺、そういうの弱いんだ……」

「大丈夫、少しずつ元気を取り戻しているようだよ、学校にも行き出したし……。忙しく動いていれば寂しさにも慣れるんじゃないかな」

「でも佐枝ちゃんはどうして殺されたんだろう。良い奴だったのになぁ、勉強も出来たし、子供の頃結構かわいかったんだぜ」

「圭太さんとか今田さんとか……、子供の頃は佐枝さんとは随分と仲が良かったんですよね。うちに皆が遊びに来ていたのを、僕、うっすらと覚えている」

「英一と佐枝さんは頭が良くて、学校じゃ何時も成績を張り合っていたよ。でもクラスにもう一人成績の良い奴が居て、そいつは性格が明るくて皆に人気があったんだ。だけど英一は何時も教室の隅で、僻《ひが》んでいるみたいな格好で一人でポツンとしていたよ。それで、英一の奴、後で俺に必ず何か文句を言うんだ」

「今田さんは、今でもそんな性格ですかね」

　あまり人との付き合いを好まない今田は行動範囲が意外に少ない。普段は店の手伝いをしているが、それ以外は二階に上がってパソコンゲームに浸っているようだった。親しい友人のない今田は、今でも圭太を相手に何でも話していた。圭太は普段あまり喋らないし自己主張の少ないタイプなので、今田にとっては格好の聞き役だったのだろう。自分より全ての面で完全に劣ると見ていた圭太を、いわば気の置けない安全パイとでも思っていたのだろうか。

「英一、友達が出来ないもんな。でも最近はインターネットでアニメの同好会みたいなのに入ったんだって。ちょくちょくその会合に行ってるようだけど、可愛い女性がいるんだってさ」

「じゃあその会合で、仲間たちと酒を飲んだり、お喋りしたりしているんだ」

「そう、結構楽しくやってるようなこと言ってたな。だけど、あいつ車でしか動かないから、しょっちゅう酔っぱらい運転しているらしいんだ。俺、交通安全委員しているし、交通課で嫌って言うほど事故の話を聞いているから、止めろって言ってるんだけどな。英一、駅が近いのに何で電車に乗らないんだろう」

「そうすると今月初めの五日も、今田さん、その同好会に出掛けたのかな。ほら、あの秋雨の少し肌寒い夜ですよ」

「火曜日か？　ならそうだ。ここの商店街が休みだから覚えているよ」

「それ、何て言う同好会？」

「んーと……、たしかスタジオＴＥＮって言うんじゃなかったかな。俺も誘われたけど、頭良くないじゃん、ああいう会に集まる連中ってさ、学校の成績が良い奴ばっかりだから話がつまんなくてさ」

十一時二十分過ぎになると圭太は店に戻るからと言って席をたった。卓也は店まで圭太の後を付いて行った。

「卓也、おまえ英一に会いに行ったんだよな。その時、あいつ何か言ってなかったか」

「何かって？」

「俺が英一の車を盗ったとかさ」

「いいや、言ってませんよ」

「そうか、なら良いんだ」

店では圭太の母が昼の総菜向けに揚げ物を始めていた。既に二人の女性客がいて、店先でお目当ての品が揚がるのを待っていた。卓也もコロッケが揚がるのを待って、佐久間家に戻った。

熱々のコロッケを和代に渡して、そのまま二階の部屋に戻ると、卓也は竹原の携帯に電話を入れた。彼女は日曜日の昼近くになっても、何処に出掛けるでもなく家にいた。

「何処も出掛けないの？」

「昨日、母と買い物に出掛けたわ。デパート凄い人混みで疲れちゃったから、今日は休養ね。今、ブランチ済ませたところなの」

「そうだった、支店は土曜日休みだったね。昨日僕は現場に出ていたからつい忘れちゃって……。それで、今肉屋の千田圭太さんに会ってきたんだけど、ほら今田英一さんの一番親しい友人」

卓也は圭太から今聞いたばかりのことを伝えた。

「あの車が盗まれたっていう今田さんのことね、やっぱり気になる？」

「あの車が盗まれたとされている時間がね、何か胡散《うさん》臭いんだ」

「それで、五日の事故があった当日の今田さんの足取りを確かめたいのね？　いいわ、そのスタジオＴＥＮの会のことインターネットで調べてみるわよ」

彩香はそう言って電話を切った。

6

その日の夜、竹原から卓也の携帯に連絡が入った。

彼女はあれから直ぐにスタジオＴＥＮのホームページにアクセスして、連絡先を調べてメールを入れた。そして今から少し前に先方から返信メールが届き、知らせてきた電話番号に連絡を入れたりして、次のことを聞きだした。

スタジオＴＥＮの会の本来の定例会は、毎月第四土曜日に行われていた。愛好者の年齢層はまちまちで、少なくはあったが老人も参加していたし、勿論若者や中年女性も多くいた。従ってサービス業や販売関係に勤めている人たちも多かった。で、土曜日の会合に出席出来ない会員たちが、いつの間にか第一火曜日に集まるようになっていた。いわばサブの会合が出来たということになる。そんなことから、火曜日には仕事に就いている若い女性の出席も多くみられた。

会合の開始時間は特に決まってはいなかったが、六時半頃からぼつぼつ集まり始め、めいめい勝手に雑談を交わす。会場はＧ駅近くの居酒屋『おかめ』の二階ということだった。その店は、古くから会員だった高村雅也の両親がやっている居酒屋だ。その『おかめ』の二階を会合に解放してもらっていたのだ。その両親にすれば息子が外で何をしているか分からないよりはと、原価すれすれの格安でサービスしているらしかった。

だから会合の時間に制限がない。三々五々集まってきた者たちは適当に飲み食いし、話し、適当に金を置いて帰っていく。早く帰る者もいれば十一時過ぎまで居座っている会員もいる。サブの会合だから何の規制もない。ただ、途中で前月の本会合で決まったことを報告する時のみが、ほんの少しだけ会合らしい雰囲気になるだけだった。

そして十月五日はいつもの通り、毎月第一火曜日はスタジオＴＥＮの会のメンバーが集まっていたということだった。

その報告を受けた卓也は、二、三日中に『おかめ』に行ってみようと提案した。

月曜日の午前十時過ぎ、建設現場にいた卓也の携帯に守口から連絡が入った。

「卓也殿のアドバイスのお陰で、犯人像が見えてきた。お礼かたがた報告ってなわけだ、ありがとう」

「犯人が分かったんですか、で、誰だったんです？」

「まだ逮捕には至ってないから名前はいえない。今朝任意で引っ張ってるんだが、ずっと黙秘を続けてる。あとは時間の問題だよ。今回の事故の隠蔽問題から、以前無免許運転で数回補導歴があった者が浮かび上がった。交通課から言われたんだよ」

「前歴があったんですか、肉屋の圭太さん？」

「まあそんなところさ、あんたの推理通りだった」

守口刑事の歯切れの悪い言い方に、圭太が引っ張られたのだと察した。携帯をしまった卓也は、不安に襲われた。富士見町で起きた車の事故と伯父の殺害事件の繋がりを考え、メモを守口刑事に手渡した。そのメモには犯人が誰とまでは示してはいなかった。守口刑事の言う犯人像、つまり捜査本部のそれは、卓也の推測とは違っていた。どこでズレが生じたのか、自分の憶測が間違っていたのかと少し自信を失いかけた。でも事件当夜の圭太は家に居たんじゃなかっただろうか、本人はそんなことを言っていたように思えたが……。黙りを決め込んだ圭太は、梃子《てこ》でも動かないとでも言うように、意思表示や弁解をすることもなくそのまま何時までも黙秘を続けるだろう。自分の余計なお節介のため、思わぬ人にとばっちりが行ってしまった。卓也は窮地に追い込まれたような圧迫感が次第に強まり、頭を抱えてしまった。


ともかく竹原に相談してみようと、直ぐに竹原に電話を入れて伝えた。

「圭太さんを疑っていたんじゃないのね」

「父さんが事故を目撃したために殺害された、そう推測して守口さんに知らせた。でも車を盗んで事故を起こした人物が誰だったか僕には分からない。それは警察が捜査することだから。でも結果こんな風になるとは考えてなかった」

「今でもそう思っているの？　犯人は他にいるっていうことなのね」

「もう一つ確信が持てないんだ」

「でもこのままじゃ膠着状態が続くのね。いつまで圭太さん留め置かれるのかなあ」

「分かったよ、ぐずぐずしていても始まらない、前に進まなくっちゃあダメだね。ところで、昨日調べてくれた『おかめ』今日にでも行ってみようか」


竹原と卓也はＴＥＮの会の集会場になっている居酒屋『おかめ』に早速行くことにして、夕方の六時半に京浜急行のＧ駅で待ち合わせた。竹原は男どもの行く居酒屋というものに興味があったようだ。近頃では若い女性をターゲットにした居酒屋風の小洒落た店もあちこちにある。だがそれは飲んべえたちの出入りする本来の安酒場とは違って、小綺麗に体裁良く整えられている、いわばレプリカでしかない。従って、そこには居酒屋本来の下町の人なつっこい雰囲気は失せている。

たしかにその『おかめ』は下町の酒場だった。駅から徒歩で七〜八分、メイン通りから脇に入った裏通りにポツネンと存在していた。磨りガラスの入った古い木枠の引き戸は、半分開け放されている。薄汚れたような縄暖簾が、間口一杯に下がっていて、その脇に赤提灯が下がっている。いかにも年季の入った構えの店だった。卓也がその暖簾を分けて店に踏み込み、竹原もあとに付いて入った。

「いらっしゃい」と奥から声が掛かった。店内は案外広く、木目柄のデコラのテーブルにパイプ椅子といったものが十五、六組ほど置かれていた。脇の羽目板には、手書きの品書きの札がズラーッと貼られている。店の奥は腰高の植木と衝立てで簡単に区切られカウンター席になっていた。そのカウンターの奥には調理場が見えた。

まだ飲み助にとっては少しばかり早い時間というのに、既に半分ほど席は埋まっている。二人はカウンターの空いている場所を見つけ、丸いパイプ椅子に席を取った。

「何にしましょう」とは誰も言わない、客の方から言う注文を聞き取るだけのようだ。調理の手を止めず、ちらっと上目遣いで新規の客を確認したのは亭主だろうか。厨房には夫婦らしい中年過ぎの男女と、三十五前後の眼鏡を掛けた無精髭の男とが計三人、忙しく動き回っていた。フロアーには中年の女性一人、高校生のアルバイトなのかさっぱりした感じの娘が一人、テーブルの間を行き来していた。

卓也は生ビールと酎ハイ、三品ほどの肴を注文した。さほど時間もかからず料理はカウンターに突き出されたが、それは体裁よりも盛りといった塩梅のものだった。

暫くして手の空いた様子が見えたカウンターのなかの女性に、卓也は声を掛けた。その小太りの女性は、会員の高村雅也の母親なんだろうか。

「TENの会のことなんですけど、初めてなんで……」

「ああ、あの会の仲間ね……、道理で見掛けない顔だと思った」

「ここは馴染みのお客さんばかりですか？」

「うちに来る人はお客さんなんて言う代物じゃないね、労働者と学生さんが殆どでね。まあ顔なじみの人が多いのかな、毎日寄ってくれる人もいるし……」

口は悪いが明るくさらっと言ってのけた。

「ＴＥＮの会、このお店に毎月集まっているって聞いて来たんですけど……」

「末っ子の道楽でね、毎月第一火曜日に二階で騒いでいるのさ。でも殆ど毎日、会員の誰かが顔を出しているよ」

「やってるのは雅也さん……、ですよね」

「そう、あそこにいる長男の影響でね、子供のころから漫画大好き人間だった。それが高じて今じゃアニメの会社に行ってるって訳なの。三十歳を過ぎても一人前になれないんだからね、こまった子だよ雅也も……」

「インターネットでホームページを作ったりしてるのは、仕事の関係からなんですか」

「さあね、ホームがどうしたこうしたなんていうこと、あたしには分からないね、あたしはここで年がら年中食い物を作ってるだけだからさ。でもね、ここに集まってくるＴＥＮの会の若い連中は皆気の良い連中でね、世の中の世知辛さ狡猾さについて行けないような気の弱い奴らでね、だからあんなアニメの世界なんかに逃げ込むんだわね。あれは純粋だからね。あたしから見れば可愛い子ばかりだ」

なんのことはない、末っ子の雅也が可愛くてしょうがないっていうことを母親は言いたいのだろうか。卓也は、フライパンを洗っている彼女に今田英一を知っているか尋ねてみた。銀縁の眼鏡を掛けた色白の痩せ気味の若者と言うと、最近来るようになった二十五、六歳の一寸気取った風の子のことかなと返してきた。五日も早くから来ていたことを覚えていたのだ。だが厨房は次々に入る注文で忙しく、母親は話半分で次の注文品に取りかかっていた。竹原は下町の居酒屋は初めてだったようで、興味深げに店内をしきりに見回しては、壁に貼られた品書きから注文を入れていた。

二人が飲み始めて二十分ほどした七時過ぎに厨房の奥のドアーが開いて、一人の男が入ってきた。三十歳前後のトレーナーにGパン姿のその若者が、末っ子の高村雅也ではないかと卓也は思った。母親はフライヤーから揚がった物を摘み上げながら、その若者に何やら二言三言ぶっきらぼうに言っていた。彼は振り返り卓也の方を見て軽く頭を下げ、厨房から店に出て来た。脇を抜けて二人の側に来ると「TENのこと聞きたいんだって?」と直ぐに切り出しながら、空いていた卓也の隣の椅子に掛けた。卓也は簡単に自分たち二人分の自己紹介をすませたあと、単刀直入に話をした。

「実は今月の五日の夜、家の近所で車の人身事故があったんです。ところがその事故は、目撃者があったにもかかわらず届け出がされてなかった。そして後日その事故を起こしたと推測される車で焼身自殺があった。その車は盗難車で、元の持ち主は今田英一さんなんです。それで、その五日の今田さんの行動が知りたくて……」

「五日って言うと、ＴＥＮの会のあった日……火曜日っていうことだね」

「そうです。その日に今田さんがこちらに来ていたかどうか……。何時頃来て何時頃帰ったのか教えてもらえればと思って……」

雅也は黙ったままだった。突然現れて会員の行動を調べている二人に、どう対処していいのか判断が付かなかったようだった。彼の返事を待っていた卓也の横から竹原が割って入った。

「この佐久間卓也さん、実はその事故に絡んでいる殺人事件で、警察から容疑者の一人と見なされているんです。それで何とか疑いを晴らそうとして、自分でこうやって調べ回っているんです」

「身の潔白を証明するため……ですか」

「ただ自分への疑いを晴らすためだけじゃないんです。一寸複雑な連続事件なんですけど、まず最初に殺されたのが僕の育ての親なんです。すっごく悔しくて、何であの伯父が殺されなければならなかったのか、誰なんだ、そう思うと何とか真実を知りたくてたまらないんです。もちろん真犯人を警察に逮捕して欲しいんですけど、何故か警察の捜査がもたついていて……」

「それって、最近起こった事件ですか？」

「ええ、今月十月の六日の夜なんです」

「ええっ、あの事件のことかな。ほら建設会社の社長が殺された……」

「そうです、そうです。佐久間建設の社長、佐久間修蔵っていう人が殺された被害者です。その社長は僕の伯父なんで、僕が物心の付いたころからずーっと育ててくれていたんです」

「卓也さん、早くにご両親を亡くしちゃって……」と、竹原が口を挟んだ。

「そんなことはどうでもいいんですけど、高村さん、会員の今田さんのことを告げ口するような形になって申し訳ありませんが、何とか教えてもらえませんか、お願いします」

カウンターの奥に目をやりながら卓也の話をじっと聞いていた高村は、少しの間無言のままだった。そしてカウンターの上に目を移して、とつとつと言葉を拾うようにして話し出した。

「今田君はちょっと……、アニメというよりも残虐なゲームばかりを好むようなんで、僕らマニアックな中でも一際《ひときわ》かけ離れているような存在でね。たしかに会に集まってくる人たちは殆どがゲーム好きなんだけど、今田君は会員の人たちがよく話題にする可愛いやつとか可笑しいストーリー物とかじゃなくて……」

スタジオＴＥＮの会の従来のメンバーとは異質の今田に、高村は好い感情を持っていないふうにもみえた。

「今田さんは以前から会員だったんですか？」

「いいや、半年ほど前から参加するようになったんですよ。最初のうち、二、三回は皆の話を聞いているだけだったけど、そのうちに彼の領分の戦闘ものや残酷なジャンル、ゲームアニメなどの話を得々として話すようになった。皆から敬遠されていることも気が付かずに……ね。でも最近は仲間から浮いてしまっていることに、本人も気が付いていたようだけどね」

「それでも続けて集会に参加していたんですね」

「今田君は会員の中の一人の女性に気があるらしいんだ。五日はその彼女が他の会員とばかり親しく話していたんで、機嫌を悪くして早めに帰ってしまった……と思いますよ。不機嫌が直ぐに顔に出るタイプだからね」

「帰ったのは何時頃でした？」

「ええとぉ、八時になってなかったんじゃないかな」

「今田さんはその時お酒、飲んでました？」

「初めはビールだったようだけど、そのうち焼酎の水割りを自分で作ってね、結構飲んでいたね。今田君、何かあったんですか？」

「まだハッキリしてはいないけど、どうもその日の夜に、彼、事故を起こしているんじゃないかという疑いがあるんです。いや、まだ疑いがあるというだけで、ハッキリした訳じゃないんですけど。僕の思い込みだけなのかも知れないので、ここだけの話ということにしといて下さい」

「心配していたんですよ。今田君はいつも車で来ていたようなんで、あまり酒を飲まないほうが良いよって言ってたんだけどな」

「五日も彼、車で来たんですかね、どんな車で来たんだろう……」

「いや、僕は実際には見ていないんでなんとも……。でも遅れてきた木村君が、今田の奴車で来ているのにあんなにがぶ飲みして……、って言ってたなあ。駅からここに来る途中の線路脇に何台か駐車出来る場所があるんで、今田君はいつもそこに止めているようでね。通りすがりに木村君はそれを見たんだと思うね」

「その車が何だったか言ってませんでしたか？」

「いや特には。でも木村君が今田君の車だって言ったんだから、いつもの車じゃないんだろうか、違う車だったら彼には分からないだろうからね」

「すいません、そのことはすっごく重要なことなんです。その車のこと、何とか確認出来ないでしょうかね」

「いいですよ、一寸木村君の携帯に電話して聞いてみるから……」

店の中が騒々しいので電話が聞き取りにくいからか、高村は携帯を操作しながら店の外に出て行った。そして、ほんの暫くして戻ってきた高村は、カウンターに携帯電話を置きながら言った。

「木村君、今電車の中で、こっちに向かっているところなんだって、直ぐに来るよ。ああ、その時見た今田君の車はいつもの黒のミニバンだったそうだ」

今度は卓也が携帯を操作しながら外に出る番だった。長電話をしているのか、卓也は暫く戻ってこなかった。後に残された彩香は高村とアニメの話に盛り上がっていた。

7

　店の外に出た卓也は、騒音の少ない場所で携帯の電話番号帳を繰って守口警部補の携帯番号を表示させた。

　十九時五十分、コールを続けても守口はなかなか出なかった。コール音が切れて留守番電話のメッセージに替わったので、卓也は一旦電話を切った。二～三分後に再度かけ直すと、今度は直ぐに出た。卓也が自分の名前を言う前に、着信番号で分かったのか守口は出し抜けに小言を言った。

「あのなぁ、小便ぐらいさせてくれ、それに卓也殿のメモがヒントになって一連の事件が殆ど解決したんだ、タマにはゆっくり休ませてくれよな。おまえから電話があるとビクッとするぜ、また何か爆弾を落とすんじゃないかってな。それともたまにはお食事でもご招待……なんてことはありえんよな？」

「お食事中だったんですか、すいません。実は一寸気になることがあって……」

「そぉら始まった。おまえのその一寸気になる……が怖いんだよ、お手柔らかに頼むよ。で、今日は何が気になるんだ？」

「ほら、先日渡した、あのメモのことですけど……」

「だから今言っただろう、あのメモのお陰で容疑者が絞られた。でもな、あれ自体は実に荒唐無稽な話だったな。スジとしては面白いが物的証拠も状況証拠も何もない、却下だな。俺は本庁の一課の連中に笑われたよ、素人の探偵ごっこにどこまで振り回されれば気が済むんだってな。だから所轄の刑事は駄目なんだとまで言われだよ」

「すいませんでした。でも今その状況証拠とやらなんですけど、貴重な証言が出てきたんですよ、たった今です」

「……」

「十月五日に車の事故を起こした加害者が、どうやら今田英一さんということで落ち着きそうなんです」

「千田圭太じゃないのか」

「圭太さんじゃありません。何か聴取出来ましたか？」

「いや、まだ何も話さないで膠着状態だ」

卓也は『おかめ』での状況を説明した。合いの手を挟むこともなく黙って聞いていた守口は、卓也が話し終えると声のトーンを上げて早口になって言った。

「それじゃあ、その証言の主っていう会員は、これからその店に来るのか？　本当か、間違いな

よ」

「今すぐ俺、そっちに行くから待っててくれ……な。そいつを待たしておいてくれよな、頼むよ」

「ええ、高村さんが、今彼の携帯に連絡してくれましたから……」

いな」


店内に卓也が戻ると、竹原と高村は、すっかりアニメの話にのめり込んでいた。

「あれえ、竹原さんもアニメに興味があったんですか」

「今、高村さんに言われたばかりの。人はみんな心の内におとぎ話の原点を秘めているんですって。卓也さんだってアニメ嫌いじゃないでしょ？」

「僕は好きだよ、だけどなんか照れくさいというのか、素直にアニメ映画を見に行く勇気がない……、っていうところかな」

「そうなんだなあ。大人になると変に教養が邪魔して、素直にアニメを受け入れる気持ちになれないんだ。社会に出ると、人に迷惑をかけない、我が儘を言わない、自己主張を押さえる、そんなことが要求される。だから社会に適応しようとして感情を押さえつけ、気持ちをさらけ出すことを避けるようになるんだね。動物や、木や草花、それに自然、そんなものとの触れあいやおとぎ話の優しい気持ちなどは子供だけの世界で、大人が大騒ぎするような物ではない……、そんなように考えてしまう、大人になるとね。分かったようなこと言ってしまったけど、でもこの話、うちの先生の受け売りなんだ」

「僕も素直になれない一人なのかなぁ」

「そうかも知れないわね。もっと素直な自分を見直して、今度アニメ映画を観に行きましょ、連れて行ってあげるから……」

「ありがとう、そのうちに……ね。ところで高村さんもそのアニメ映画の製作に携《たずさ》わっているんでしょ？」

「そう、夢のある良いアニメ映画をつくることに一所懸命なんだけど、その方は実質赤字続きなんでね。もっぱら稼いでいるのは、家庭用ビデオゲームソフトやパソコン用ゲームのソフトなんかですよ。我々、先生って言ってるけど、うちの社長に付いてずーっとやってきた。それでなんとか夢を持ち続けようと、五年前にインターネットのホームページを立ち上げてみたんだ。作った当初は、単に我々の自己満足と宣伝のつもりだった。それがファンからの書き込みを受けるようになって、交流を図っているうちにだんだん形式が変わってきた。そして彼らのオタクを解消しようと月に一度集まることにして、会のようなものを作った。それがスタジオＴＥＮの会の始まりで、ほそぼそと今でも続いているって訳なんだ」

「意義ある集いっていうことですか」

「いやそんな大袈裟なことじゃない。集まってくるオタクたちが、『ああ、仲間がいるんだ、自分を分かってくれる人がいる』そう思うことだけで良いんじゃないかってね。これも先生の言ったことだけど……。それに集まってくるのはやはり、ゲームマニアが多い。特に若い男性の殆どがゲームに引かれていて、会に来てゲームの話に終始する人もいるくらいだからね」

「今田さんのようにですか」

「そう、あの人は典型的にそのタイプでね。彼らは生活の余暇にゲームを楽しむだけでは済まなくなって、日常生活の殆どがその世界に浸りきってしまっている。そのうちに現実の社会生活とゲームの世界がごっちゃになってしまうんじゃないかと、ちょっと心配しているんだけど」

「今田さんもそのくちなのかな」

「あの人もきっとそうだ。性格に捻《ねじ》れたところがあって、他人に対して上手く自己表現できない、それでいて心の内に強烈な何かを抱えている。そんなエネルギーをゲームでしか発散できないんだと思う」

瓶ビールに切り替えて、飲みながらそんな理屈をこねる高村も、充分にオタクなのかも知れないと卓也は思った。

そんな話をしていると、若い男が側に来て高村にぼそぼそと挨拶をした。高村は卓也たちに、その若い男が木村くんだからと言って引き合わせた。まだ学生なのか、パサパサの髪をした一重瞼の眠たそうな眼をした木村は、ピョコンと卓也たち二人に頭を下げた。卓也は彼の座る席を作るために立ち上がりながら言った。

「ごめんね、忙しいところ急に呼び出したりして……」

「いえいいんです、午後から授業はないんです。部屋に一人でいるのもつまりませんから」

席を詰めて高村と卓也の間に彼を座らせた。卓也は彼のグラスにビールを注いでやりながら早速に切り出した。

「高村さんから聞いただろうけど、今月のここの集会の日ことなんだ。五日だったね、あの日今田英一さんがいつもの車で来ていたんだって？」

「だって俺が見て分かったんだ、今田さんの車があるな、今日も来ているのかって……、でもそれってそんなに大事なことなんですか？」

「実はその五日のことなんだけど、今田さんの車が盗まれてしまったと言うんです。それで済めばまだ良かったけど、いや良くないか……、とにかくその盗まれた車が五日の夜に人身事故を起こしてしまった。尚そのうえ、数日後にその車は河原で炎上してしまった、中に人が乗っていたままだった……」

「焼き殺されたんですか」

「それが、警察では焼身自殺と見ているようだけどね」

「それで……俺があの夜今田さんの車を見たことが、その事件のこととどんなふうに関係しているんですか」

「木村君がその車を見た時間というのが問題になってくるんだ。つまり今田さんが何時に車を盗まれたのかっていうことに繋がってくるんだけど」

突然卓也は肩をたたかれた。振り返ると守口がそこに突っ立っていた。

「遅くなったかな？」

卓也は壁に掛かっている時計に目を向けると、二十時十五分を指していた。

「早かったですね、三十分掛からなかったんですね」

守口は刑事独特の鋭い目つきで居合わせた者の値踏みをしているようだった。だがGパンにトレーナー、それにスニーカーという出で立ちは、中年のオヤジらしくてとても刑事には見えなかった。カウンターの中から見ていた母親が、もう一人中年男の加わったのを知って上を指さしながら言った。

「雅也、座るところないだろう、二階に上がったらどうなんだい？」

「ああ、そのほうがいいな。みんな、二階に行こうか」

高村と竹原はカウンター越しに母親が出したお盆に、あたりに出ている物を乗せて、それを持って二階に上がっていった。卓也は守口を促して彼らの後に付いていった。

階段を上がった直ぐ側の八畳の畳部屋には、すでに座敷用の会議テーブルが並んでいた。隣の部屋とは襖《ふすま》で仕切られ、壁にメニューが貼ってあるだけの殺風景な部屋だ。隅に積んであった座布団を出して各々が座ると、卓也が守口を皆に紹介した。

「実はこの人、南町署の刑事で守口さん。お店に刑事を呼んで申し訳ないと思ったけど、守口さんは今田さんの事件がらみの車を追いかけているんで、つい連絡してしまったんだ。悪かったかなぁ」

「いやあ、すまん。でも今日は本当は俺、日曜日の代休で非番なんだ。久しぶりに家庭サービスに励んでいたら、こいつが突然電話をよこしやがって……」

守口の伝法な口調に、一時緊張した雰囲気が多少は和らいだようだった。

「俺が警察官だなんて思わないで、気楽に話してくれると有難いんだけどな。そうは言っても、一旦刑事だって分かってしまえば、気にするなって言っても無理だよな」

下の母親が気を利かしたのか、追加の飲み物と料理が階段を上がって運ばれて来た。それをテーブルの上に並べているのを見ながら、卓也は守口に話した。それは肉屋の圭太から今田の五日の行動を聞いてＴＥＮの会を調べ、今この居酒屋に至るまでの経過だった。

「すると今田英一君は、五日は六時二十五分からこの『おかめ』に来ていたっていうことに間違いないのかなあ」

誰にともなく守口が言ったことに、高村は少し緊張気味に応えた。

「はい、五日は今田さんが一番早くここに来たのは、母が覚えていました。まだ店を開けたばかりだったようです」

「で、その日も今田君はいつものミニバンで来ていたことを、木村君が確認しているっていうことだね。それは何時頃だったかな」

「俺、その日一寸遅くなったんで七時半頃だったと思います。今田さんの車が駅から少し離れた線路際に止めてありました」

「それは今田君のミニバンに間違いなかったんだね？」

「あ、そうです。何時も止めている定位置ですから。あの黒のミニバン、車のナンバーが２８なんです。今田さん、鉄人２８号に因《ちな》んでわざわざ取った番号って自慢してたから……」

「そうか、それじゃあ間違いっこないな。しかし、鉄人２８号とはまた随分古い話だなあ……、今でも人気があるんだな。その番号は確認した？」

「いや、ちょっと離れた場所を通ったから、キチットは……。でも間違いなくあのミニバンでした」

「分かった、そんなことより、今田英一君がこの店から帰った時間なんだけど、何時頃だったのかな？」

卓也が脇から応えた。

「高村さんと先ほど話していたんだけど、八時頃らしいですよ」

「高村君、そうだったのかい？」

「だいたいその時間だと思います、ハッキリ時計を見たわけではありませんけど」

高村の横に座っていた木村が話を繋げた。

「俺、今田さんの帰るのを見てました。またふて腐れてるなって思ったんです。そのとき時計を見たら、八時五分前だったのを覚えてます」

「それから店を出て車まで行って……、その晩は雨だったから少し時間が掛かったとして、でも八時には車に乗り込んで発進させられる。事故があったのは八時二十五分だ、ピッタリじゃないか」

「しかもその時今田さんの乗ってた車は、事故を起こした車と同じ車種の黒のミニバンですよね。これで今田さんがその車で事故を起こしたことにほぼ間違いはない訳ですね。今田さんが提出した車の盗難届は嘘だったということになる……、そういうことですか」

「それじゃ、まるきり先日の卓也のメモの通りじゃないか。こりゃあえらいことだ、明日の朝は捜査本部がてんやわんやになるな。なにしろ一課の連中が自信を持って推理した筋立てが一挙に崩れ去ってしまう。そのうえ、富永犯人説が覆《くつがえ》ってしまうのだからな。木村君、申し訳ないが連絡先を教えてくれないか、後でまた話を聞くことになるだろうからね。それと『おかめ』の電話番号と、えーっと高村雅也君だったな、君の連絡先……会社の電話ね、それと携帯の番号と……」

守口は聞くだけ聞いて、そそくさと席を立った。

「もう帰るんですか」

「ああ、これから課長に連絡をいれて、即行動を開始しないとな。相手が我々の動きを察知して、逃亡でもされると厄介なことになるからな。卓也くん、今日はもう動くなよ、捜査の邪魔にならないようにしてくれよな……頼むぜ」

二十時五十五分、金だけを置いて後も見ずに急いで引き上げていった守口を見送ると、卓也と彩香は来たついでとばかりに心ゆくまで飲んで食べることにした。ここまでたどり着けば、あとは守口たちが詰めをするだろうと卓也は気が楽になった。そしてアニメ製作のプロである高村雅也と、マニアックなまでのファンの木村、この二人のいわば別世界の話を興味深く聞いていた。

第五章　十月二十五日（月）

1

『おかめ』の暖簾を分けて外に出た守口は、急ぎ足でG駅に向かいながら携帯電話を取り出した。登録されていた上司の携帯番号に連絡をいれると、二度のコール音ですぐに本人が出た。帰宅後に自宅でゆっくりしていたと言う南町署刑事課長に、守口はたった今聞いたばかりの新たな事実を報告した。二十五日の二十時五十八分だった。

守口の伝えたことの重大さを知った課長は、そのまま直ぐに捜査本部長の一課長に報告を入れた。南町署と座間署の合同捜査本部となったため、捜査本部長席には本庁捜査一課の課長が着いていたのだ。

その一課の課長は、南町署の刑事課長からの連絡で大きな衝撃を受けたようだった。

捜査本部は、容疑者の富永忠好の焼身自殺で二者連続殺人事件の幕を引こうとしていた。だが状況証拠のみで、もう一つ確証が持てないことから、被疑者死亡のまま書類送検という手続きを行えないままでいた。あるいは一課長の胸には、他に真犯人が存在するのではという疑心があったのかもしれない。

そんなことから捜査班は二十四日、アリバイの崩れたまま容疑者の一人に残されていた中本を任意で引っ張り最後の詰めに入っていた。六日の夜の動向について、追及されるたびに二転・三転していた中本だが、南町署に拘束されることでやっと本当のことを自供した。クラブ『S』に居続けたことが『サンホセ』になり、結局はサーラとホテルで会っていたことを話した。そのことの確認が取れたのが、夕方五時になってからだった。

サーラの相談事とは、案の定金の話だった。気位の高いサーラは客あしらいが下手で、『サンホセ』は良い固定客が付かない。そのため経営がうまく行かず借金が増える一方なのだ。サーラに言わせれば中本が『S』ばかり利用して『サンホセ』を会社で使ってくれないからだと不満を言う。結局、借金の埋め合わせをしてくれということなのだ。押し切られた中本は、サーラを抱いてまた『S』に戻りカンバンまで飲んだ、そんなところだった。サーラとの仲は絶対に秘密だった。千明との仲を妻が知った時、家庭は大揺れに揺れた。そしてまたとなると、今度こそ家庭崩壊は免れない。そんなことになれば、社員たちに示しが付かないだけでなく、取引にも影響する。兼ねてから狙っていた協会の理事長の座も諦めざるを得なくなる。中本は六日の行動は隠すしかなかったのだ。そのことで、佐枝殺害に関する中本のアリバイは成立した。連続殺人の残された容疑者は富永だけになった。明日二十五日にはいよいよ、被疑者死亡のまま書類送検に踏み切ろうかという段階に入っていた。

だが南町署の捜査課では交通事故隠蔽の件で千田圭太を任意出頭で呼びだしていた。その事故の一件が佐久間修蔵殺害事件に絡む可能性が大といっているが、現在では容疑者が黙秘を続けいて進展が全くない。そんな時点に入ってきた新たな容疑者の報告は、降って湧いた災難とでも言えるものだった。だが一課長の切り替えは早かった。南町署の刑事課長からの報告をもって、直ちに捜査本部への緊急集合を捜査員たちに連絡した。

守口を初めとして、三十分ほどで署に集まって来た刑事たちは、各々が緊張を隠せないでいた。一番乗りで出てきていた課長の指示により、彼らは今田の自宅周辺に張り込みの手配りを済ませた。だがあくまでもこれは、今田の起こした車両事故に対する捜査ということだった。この時点では今田の容疑は、十月五日の車両事故の隠蔽に関することのみだった。しかもその事故の被害者とみられる津島道夫は行方不明のままで、現状ではまだ彼が事故の被害者であるとは、推測されるだけのことでしかなかった。従ってこの今田の事件に関しては本庁の出る幕ではなかった。捜査本部ではこの時点では、まだ一連の殺人事件は焼身自殺をした富永忠好の犯行ということで決着する方針を変えてはいなかった。だが瓢箪から駒ではないが、ひょっとする可能性がある以上、所轄の動きを苛立ちながら待つしかなかった。商店街の外れにある今田建材の店舗兼住宅、その四、五軒先の道路脇とその反対側とに守口たちは二台の車を止めて二十二時から待機していた。裏手の駐車場にも自宅からの出口があるので、もう一台の車を裏に待機させた。

翌二十六日（火）、七時半に守口たちは店舗の裏側にある今田家の玄関チャイムを押した。暫くして三階から降りてきた英一の母親は突然訪れた警察官たちに戸惑うばかりだった。だが守口はそれを余所に、まだ寝ぼけ眼《まなこ》で降りてきた英一に任意同行を求めた。英一は三階に戻って着替えを済ませた後、悪びれた様子も見せず素直に若い刑事に言われるまま車に乗り込んだ。

昨日から一晩泊められた圭太は、その日の朝も黙秘を続けたままだったが、十時には解放され帰宅を許された。今田英一と入れ違いになったのだ。

抵抗やふて腐れることもなかった今田だが、取調室で尋問を始めると一転して知らぬ存ぜぬを押し通した。まともな受け答えをし始めたのは二日目になってからだったが、それでも肝心な部分になると知らないとか関係ないの言葉を押し通していた。

「盗まれた車がどうなったのか、俺の方が知りたいですよ。あの車で事故があったと言うなら、焼死した人が俺の車を盗んで事故を起こしたんじゃないですか。俺には何の関係もありませんよ、まったく知らないことですから……」

今田は、追及する刑事に空とぼけて見せた。十月五日にあったＴＥＮの会には黒のミニバンで出掛けたんじゃないかと問いつめる刑事に、知りませんを連発するだけだった。そしてＴＥＮの会の会員が五日の夜『おかめ』の最寄りの駅付近に置いてあるその車を確認していたことを告げると、こともなげに言ってのけた。

「その人の見間違いじゃないのかな。盗まれた車で出掛けることなどあり得ないじゃないですか。あの日は店の白いライトバンで『おかめ』に出掛けていますよ。それにあの日は何時も止める場所が空いてなかったから、もう少し店に近い場所に止めたんですよ。だいたいあの会の人たちは普通じゃない人が多いから、おそらく幻想でも見たんでしょう」

なおも追及すると、そっぽを向いて黙秘を続けるありさまだった。

守口には昨夜の木村の証言は確実なものであるという自信があった。だが今田の逮捕に踏み切るには、一人の男の目撃証言だけでなく、確たる物的証拠が欲しかった。状況証拠だけでの起訴は、裁判で覆されることがある。証拠品が出ない今、このまま訊問を続け、彼から犯人しか知り得ない事実を引き出すより方法がなかった。

一方、刑事たちは総出で今田の周辺をしつこく聞き回っていた。だがこれといって新しい報告は何ら上がってこなかった。今田のただ一人の親しい友人と見られる、千田圭太にも事情聴取を行った。圭太は肝心なことは何も知らないのか、任意で取り調べられた時と同じように押し黙ったまま殆どなにも喋ろうとはしなかった。

当日G駅付近に止めた車は、今田の言うように白いライトバンだったのか、木村が主張している黒のミニバンだったのかを確認するため、付近一帯の防犯カメラのチェックをして回った。十八時前後に黒いミニバンが通過した記録があったものの、一瞬のことだったのでそれが今田の車だという確証は得られなかった。通勤ラッシュの時間帯で白いライトバンの通過は多数見られたが、決め手になるような物は発見されなかった。

圭太が帰されてから二日目……つまり二十八日の夜、七時半過ぎに卓也は肉屋の店先に立った。店には人影がなかったがショーケース越しに覗くと、奥では圭太が上がり框に腰掛けてテレビを見ていた。

「今日は店番しているんですか……」

卓也の方を見て、圭太はテレビに未練を残しながらも立ち上がった。そして卓也の傍に近寄り、ショーケース越しに笑顔を見せた。

「なんだ、卓也か、いま帰りなのかい」

「立て続けに嫌なことがあったから、今の現場を外して貰ったんですよ。だから少しの間はこうやって早めにきちんと帰れるっていうこと。家政婦の和代さんがいるけど、まだ知美が心配でね、また暫くはあの家に泊まることにしたんですよ」

「知美ちゃん落ち込んだままなのか……。しかたないか、身内が二人とも殺されたんだものな。そうだ、ちょっと中に入れよ、俺、聞きたいことあるんだ」

圭太に言われて卓也は店の脇に回って中に入った。圭太はテレビを消して椅子に掛け卓也にも座るように手で合図した。

「二日前、英一が警察に連れて行かれたの知ってるか？　それで朝から俺のところに刑事が二人も来て、英一のことをなんだかんだってしつこく聞くんだ。だけど俺だって、一昨日帰されたばかりだからさ。一体どうなって居るんだか全然知らないし、どこまで話して良いんだか分からないんで何も喋らなかったよ。でも英一のことが心配で、南町署に行って知り合いの交通課の警官に聞いてみようと思ったんだ。昼過ぎに行ってみたら、交通課はピリピリしていてそれどころじゃないみたいだった。それでも俺、顔見知りの警官に何とか英一のことを聞いてみたんだ。そしたら何時も冗談言ってるその人に睨まれちゃって『まだ今田は逮捕っていうことにはなってない』って言われただけなんだ。どういうことなのか心配でさ。卓也、おまえ何か聞いてないか……」

何時になく圭太は饒舌だった。

「僕も昼すぎに、南町署の刑事に電話で聞いたばかりなんでね。ほら僕が父さん殺害の容疑で調べられたでしょう、あのときの担当刑事に電話してみたけど、やっぱりまだ確定した訳じゃないからってハッキリは教えてくれなかった。でも、どうも今田さんの車が盗難にあったっていうことは狂言だったみたいなんだ」

「狂言って……嘘って言うことか？　盗まれてなかったたって言うことなのか？」

「どうもそういうことらしいんです。何処かに隠していたんじゃないかっていうことらしい……」

「どうしてなんだ、何で隠さなけりゃならないんだ」

「今田さんは五日の夕方五時十分に車が盗まれたって言ってましたよね。それを次の日の朝、警察に届けたらしいんです」

「ああ、あいつそう言ってた」

「でもあの日夜……、五日の夜八時頃に、今田さんがその車を使っているのを見た人がいたんだって……」

「それ間違いだろう……。だって英一が何でそんな嘘つくんだ、そんな必要ないだろうに、おかしいよそんなの……」

「あの夜、うちの近くで人身事故があったんですよ」

「それってこの前、卓也が俺に聞いてたことかい？」

「そう、近所の人たちが言ったんだけど、やっぱり本当に人身事故はあったんだって。しかも加害者はそれを隠していた……、つまり警察には一切届けてなかったっていうことなんです」

「そうか、それで交通課はピリピリしているのか……。で、その事故、英一がやったっていうことなのか？」

「その辺はまだ分かってないんじゃないかな。でも英一さんに疑いが掛かっているのは事実のようです。だけど英一さんがもしそうだったとしても、事故の後その凹んだ車を隠しておく場所なんかあるのかな、誰にも見つからない場所って……」

「そりゃああるだろうさ。あいつのところは昔からの建材屋だから、あちこちに材料置き場みたいなのがあるからな。その中で今殆ど使ってないのが一カ所ぐらいあるはずだ。俺子供の頃英一とそんな所でよく遊んだよ。秘密基地なんか作ってな」

「なるほど、資材置き場ですか。そこに車なんか置けるスペースがあるんだろうか、それに鍵が掛かっているんじゃないかな」

「郊外のほうにも資材置き場があったよ、俺子供の頃に行っただけだからさ。あいつ入り口の脇のヒューム管から鍵を引っ張り出してた。あそこなら車を隠せるんじゃないかな。だけどあいつそんな、ひき逃げなんて悪いことやる奴じゃないけどな」

「酒酔い運転で事故ったらどうだろう?」

「酔っぱらい運転か……。俺、前から何度も英一に言ってたんだけどな、そのうちに捕まるからよせってさ」

「まだ、英一さんがやったって決まったわけじゃないから……」

「でも英一、まだ帰されないんだろう?」

「たぶんね」

「俺、やっぱりTENの会に入ればよかったのかな。英一の奴、俺が付いててやらないとだめなんだ、小学校の頃からそうだった。あいつ頭が良いくせに、カーッとすると何か訳が分かんなくなっちゃう時があってさ。俺が腕を引っ張らないと、収拾がつかなくなりそうなことが、何回かあったよ。俺、鈍間《のろま》だから英一の気持ちなんか分からないけどな……。でも、一緒に居てやればよかったのかな」

言いたいことが終わったのか、それ以上圭太の話は続かなった。頃合いとみて卓也は挨拶をしてその場を離れた。圭太の言葉には、友への優しさが表れていたように思えたが、何かそれ以上のことがあるような気もした。家に向かって商店街を抜ける角まで来た。和代さんに――また買ってきてください――と言われていたので、オリジナルのコロッケを買いに立ち寄ったことを思い出した。自分の迂闊さに呆れながら、商店街を戻って肉屋に行った。カウンター越しに店内を覗くと圭太の姿はなく、母親が店番をしていた。


「圭太さんは？」

「二階に行ったんじゃないかな、呼ぼうか？」

「いえ、今話したばかりだからいいんです。オリジナルコロッケを買い忘れたんで……」

「はいはい、今揚げるからね」

「何時も圭太さんはこの時間に上がるんですか」

「決まってはいないね。夕方の六時半頃から急に客がへるから、店番一人で充分、交代でするんだよ」

「でも店の手伝いをよくしますね」

「あたりまえさ、二十九にもなって親の脛嚙ってるようじゃ困るからね」

「でも何時も家に居るんでしょ。遊びに狂っちゃう若い奴もいるから、真面目なんですね」

「そんなことないさ、暇さえあれば二階へ上がってゲームしている。いつの間にか出かけて朝方まで帰らないこともあるんだ。先行きどうなることやら、英一君や卓也さんみたいに勉強が出来れば良いのにと、愚痴ったところで始まらないね」

圭太にしても、ただ黙々と商売を手伝っているだけじゃない。結構遊び回っているのかもしれない、そう分かって見ると彼も案外単純ではないように思えてきた。

あつあつのコロッケを持って圭太の店を出た卓也は、早足で佐久間邸へ向かった。その道々、大詰めに差し掛かっているはずの捜査の進展が気になって、卓也は守口の携帯にメールを入れてみた。手が空いていたようで直ぐに電話が掛かってきたが、守口はいつもの元気がないようだった。

「先日はご馳走様でした、『おかめ』で随分余分にお金を置いていって頂いて……」

「いやいや、何時も卓也君の捜査協力には感謝しているんだ。ありがとうよ」

「ところで、その後捜査は順調ですか？」

「まだ二日目だけどな、今田は何も喋らないんだ。『おかめ』のことを出しても知らないの一点張りさ。木村君の証言だけじゃ弱いからなあ。このままじゃ本庁の連中に、又馬鹿にされるのが落ちだよ、気の重いことばかりだ」

「そんなこと言わないで……、実は一寸気になることがあるんですよ」

「おい、又かよ、その『一寸気になるんですよ』は止めてくれないかな。俺、心臓がドキッとするぜ。俺を早死にさせる気かい……」

「いいえ、今度は役に立つはずですけどね……、聞きますか」

「何だよ、さっさと言っちまいな……」

「実は僕、今田さんのところは建材屋だったことに気づいたんです。それで今確かめて来たんです。その販売向けの建築材料を置いてある倉庫があちこちにあるらしいんですけど、郊外の方にも一カ所ね……。そこに例の事故車を隠しておけないかと思ったんですよ、炎上させるまでの十六日間……、どう思います？」

「一寸待て、ここのところ何度も今田の家や店に聞き込みに行ってるけど、そんな話はちっとも出なかったぞ」

「僕、他から聞いたんで……」

「そうか、事故のあと奴は凹んだ車をそこに隠していた可能性があるってことか……、確かに、その可能性はある……か、いや待てよ、そこから証拠品が採れるかもしれんな、こいつはバッチリかもしれんぞ。卓也、感謝、感謝……」

卓也からの電話は、すでに夜の八時に近かった。だが署に残っていた守口たち数人の刑事は、翌日まで待つことは出来なかった。直ぐに今田の自宅に車を回し、資材置き場の場所を聞き出すつもりだった。食事を終えたばかりの今田英一の父親、つまり今田建材の社長は、訪ねていった刑事らにそれらの倉庫の案内を承知してくれた。今田建材の倉庫は三カ所あった。そのうちの二カ所は店の近くにあって比較的小さな物だった。開けて中を見るまでもなく、そこには常に出荷する物が置かれているということで、セメントやパイプ類などが隙間のないほど詰まっていた。とてもではないが、余分な車を入れるスペースなどなかった。だが車で二十分ほどの郊外にある倉庫は、普段余り使用されていないということだった。社長自身も二~三ヶ月は立ち寄っていないと言っていた。

そして守口は、卓也の着想に半分は疑いを持ちながらも、車で二十分ほどの郊外のその倉庫に向かった。守口に同行した二人の所轄刑事は、半信半疑の体だった。そこはジャリや砂の他に普段あまり使用頻度のないものが置かれているような話だ。住宅地から少し離れ、倉庫や工場の並びに空地や畑が点在するようになった辺りにその資材置き場はあった。その三〇〇坪ほどの敷地の殆どは、今田社長の言うとおり、ジャリや砂が山積みになって置かれていた。その一郭にコンクリートの桝や土管が置かれていて、端の方に少し大きめのトタン張りの小屋があった。今田社長が入り口の錠をはずし、観音開きの大きなトタンで出来た扉を開いた。外の灯りで覗いてみると、奥の方には何やら物が積み上げられていたが、手前の半分ほどは空いた状態になっていた。

そこは車が充分置ける広さがあった。守口たちは中に踏み込まず、懐中電灯の光であちこち照らして見回した。空き地に簡単に覆いをしただけというバラックで、床は土のままだった。それだけを見ると守口は扉を閉めさせ、課長に連絡を入れた。そして次の日二十九日の朝一番にこの倉庫内を捜索するよう令状を取って、鑑識を回すように手配を頼んだ。

翌二十九日、朝から鑑識が総出で捜索した結果、倉庫内の土の上から鮮明なタイヤ痕が採取出来た。これを比較したところ、今田が盗難にあったと届け出をしたときに採取したタイヤ痕、止めていた店裏の駐車場から採れたものとほぼ一致した。また、相模川の河川敷の富永忠好が焼死した場所から採れたタイヤ痕とも、同一のタイヤの痕と見て間違いないということだった。そして彼らの綿密な捜索で、止めた車の運転席のドアー付近と思われる地面から、繊維くずなどと一緒に数本の毛髪が採取されていた。それを持ち帰り分析に回したところ、比較的新しい頭髪が三種類入っていた。その頭髪が誰のものと一致するのかＤＮＡ鑑定の結果が待たれた。それが、今田の犯行を裏付ける証拠になれば、事件は一挙に解決すると守口たちは期待を膨らませていた。

その動きを知らされた卓也は、全てが今田の仕組んだことになるのかと考えた。だが何かもう一つしっくりこない蟠《わだかま》りを感じて、ゆっくりと事件の最初から振り返ってみた。

三十日の朝、鑑識からＤＮＡ分析の結果報告が届いた。三種類の頭髪の中から事故の被害者と目される津島道夫の部屋で採取した毛髪と同一のものが見つかった。そしてもう一種類の頭髪は今田英一のものと一致した。このことで今田英一と津島道夫とが何らかの接点があったことが決定的になったのだ。だがもう一種類の毛髪は、一体誰のものに該当するのか分からないままだった。だがそのことは事件の解決にはなんら支障のないものとされ、今田の容疑がさらに強まりほぼ事件は解決したものとなった。捜査本部は沸き立ち、守口はその旨卓也にメールを送った。

その日の昼過ぎ、卓也から守口に返信メールがあった。『一寸気になるんですよ』とあった。守口は「またかよ」と電話を帰した。

「やめてくれよ、もう事件は解決したんだ。何処から見ても今田英一犯人説は妥当だろ」

「捜査本部では解決気分に浸っているのに、すいません。でもやっぱり、引っかかるんです。このままだと大きな間違いになりそうで、心配なんです」

「まあいいや、言ってみな。だけどこれが最後だぞ」

「現場で採取された毛髪の残る一種類、千田圭太の毛髪と比較して見てください。それと、資材倉庫の入り口の脇にヒューム管があるはずですけど、その中に鍵があるようなんです。その辺りの捜索もお願いします」

「千田圭太？　何で今頃奴なんだ、一度任意出頭で取り調べたけど、直ぐに帰したんだぞ」

「結果が出なければ謝ります。なんとか遣ってみてください、所轄の仕事として……」

此の期に及んでと、半ば腹立ち気味だったが、今までの捜査では彼の功績は大きな物があった。それだけに無下にする事は出来ず、鑑識員を連れて建材倉庫に出かけた。そして、卓也の言うヒューム管が存在し、しかも倉庫の鍵と思われる物と薄手のゴム手袋の片方が出てきた。これはもしかするとと、守口は千田の店に飛び圭太の毛髪を手に入れ、ＤＮＡ鑑定に回した。守口は処理を済ませたことを、卓也にメールで送った。受信した卓也は、土曜だったが現場を回って、工事の進行状況をチェックしていた。車に戻って直ぐに守口に電話をした。

「でも手袋が出たのはラッキーでしたね。たぶん食肉作業用の物でしょう」

「一体どういうことなんだ。あんたのメモにはそんな筋書きになっていなかったよな」

「あれには犯人の名前は書いてなかったはずです。あの時点では、一連の事件の筋書きだけは分かったんですが、犯人が二人のどっちだか決められなかったんです」

「そうだったな。あのメモには今田とは書いてなかった。でもこれで決定か」

「間違いありません。圭太さんは事件捜査の状況を異常なほど気にしていました。それに事件の詳しい捜査状況をよく知っていたから、気になっていたんです。あの資材倉庫のことを僕に喋ったのは決定的なミスですね。今田さんを確実に犯人にしたかったのだとおもいますけど、やり過ぎです」

三十一日、日曜だったが、十時三十分過ぎに鑑識から報告が上がってきた。その他の捜索の大まかな報告を鑑識から受けた南町署の刑事課員たちは、十一時、直ちに千田圭太に同行を求めた。取り調べの始めから鑑識の結果を説明した。神妙な面持ちでそれを聞いていた彼は「少し時間を下さい」と言ったきり机に突っ伏してしまった。取り調べの刑事に何を言われても動こうとはしなかった。だが担当した刑事は、前に取り調べをした時黙秘を通し続けられた経験があった。だが、前回に比べて突っ張ったような堅さが薄れていた。そんな今回の様子から自供は時間の問題と見て、圭太をそのままの状態で暫く見守ることにした。

昼の休憩を終えて一時から取り調べを再開した担当の刑事は、午前中とは違った圭太の様子の変化に気づいた。「さあ、いこうか」と背中を軽く押すように、さらっと言葉を掛けた。これ以上隠し仰せないと観念したのか、圭太はポツリ・ポツリと車の事故のことから語り始めたのだった。

十三時三十分頃から自供を始めた圭太は、途中取り調べの刑事の質問に素直に答えながら、ゆっくりとした口調で話を進めていた。

2

刑事は先を促すように質問をしたり相づちを打ったりしていたが、その度合いも徐々に少なくなっていった。圭太はその刑事に答える風でもなく、鈍重なほどに口ごもりながらも次第に調子に乗って喋り続けた。それは恰《あたか》も自分の体内にある物を吐き出しているようにさえ見えた。

その供述の内容は、五日の夜に起こした事故から始まった。その被害者の始末から事故を目撃した佐久間修蔵殺害に至り、それを知ることとなった娘の佐枝の殺害に転じた。そして犯人に仕立てようとした富永忠好の焼死に至るまでの四件の殺人事件全てに及ぶものだった。己の過失から逃れることしか考えなかった悪行が、次々と積み重なりシリアルキラーの底深い穴に陥ってしまったのか。圭太は夕方十八時少し回るまで語り続けた。担当の刑事はその圭太の独演を途中で止めることなく最後まで聞き取った。

圭太の供述による、まず一件目の事件……。

十月五日、夕方出先から店に戻る途中今田英一が車から降りて店に飛び込んでいくのが見えた。建材店の脇には、黒いミニバンがエンジンを掛けたまま置いてあった。良い車だ、自分も欲しいと言ってみたが、肉屋にそんな車はいらないと母親に反対された。「そうだ、今日第一火曜日、アニメ同好会のある日だ。あいつまた車で出かける気だな。あれほど酔っ払い運転は止めろって言ったのに」圭太はふと車を隠す気になった。英一が大事にしている車を運転したい気もあった。車がなければ、奴は電車で行くだろう、そう考えるとそのことが一番良いことだと思えて、直ぐに車に乗り込んで発進させた。アクセルを踏み込むとエンジンは力強くグーンと反応した。良い調子だ、やっぱりこの車はグーだ。車を駅の反対側に進めて、スーパーマーケットの駐車場に止めた。何食わぬ顔で店に戻り、店を手伝った。仕掛けた悪戯に心が躍るような気分に浸っていた。そして八時過ぎ、雨が降る中を車を取りにスーパーに戻って駐車場から車を出した。街の近くまで差し掛かって、彼は幹線通りから近道の住宅街を抜けようと脇道に入った。雨で路面が濡れ、ライトが反射して見難かった。だが辺りには車も人もまるで通ってなかった。スピードを落とすこともせずに住宅地を通り抜けようとした。だが左脇から小走りに黒いものが飛び出してきた。圭太は咄嗟にブレーキを踏んだが車はすべって止まらない。黒いものがこちらを向いた。その驚いた表情の顔は、雨に濡れそぼった若い男のものだった。ドーンという音とともに若い男は左前方に五～六メートル跳んで仰向けに倒れた。車は少し横向きになってやっと止まった。慌てて車を飛び降り男の側に走って抱え起こした。男の意識は正常だった。圭太に向かってしきりに謝っていた。

「すいません雨が降って……、急いでたんで飛び出しちゃって」

抱え起こそうとすると右足が捻れた状態に見えた。骨折か……圭太はそう思った。傘をさした背広姿の初老の紳士が駆け寄ってきた。

「おい、大丈夫か、ケガはないか」

横からそう言う紳士を見あげると、圭太の知っている男で、中学時代に同級生だった佐枝の父親だ。

「はい、大丈夫です、今病院に連れて行きますから」

そう言い残して、圭太はその若者を抱えて車の助手席に乗せた。運転席に走る途中で車の前を通ると、今田が大切にしている車が大きく凹んでいた。英一になんて言ったらいいだろうと、それが気になってしかたなかった。圭太は若者の落としたビニール袋と傘を拾って車に入れると、そのまま車を発進させた。横目で助手席を見ると、やはり若者は骨折しているように見えた。若者は突然降りかかった事故に驚きとまどったのか、圭太にされるままになって無言でいた。だが圭太が車を病院に向かって走らせていると、若者は少し落ち着きを取り戻したのか、徐々に痛さを感じ始めたようだった。それを顔をゆがめ我慢しながら、若者は病院を指定した。自分の通う大学に近い病院に連れて行ってほしいと言い出したのだ。その病院までは、走行中の位置からはかなり距離があった。若者の傷はなおも痛み出したようで、時折苦しみの声をだした。そして若者は思いついたように治療費のことを言い出した。

「僕、金持ってないから病院の支払いは頼みます。警察に届けないと保険が出ないんじゃないですか」

若者はそうまで言った。そして若者は返事をしない圭太を詰《なじ》った。地域の交通安全委員をしている圭太は知っていた。他人の車を無断で運転して、人身事故を起こすと即逮捕されることを。

圭太の頭はパニックになった。若者の問いかけることに返事をするどころではない。そんな圭太を見て若者は興奮を益し、圭太に詰め寄った。

「お酒を飲んでいるんじゃないでしょうね、酔っ払い運転での事故じゃ保険が下りないんですよね。大丈夫ですか」

「酒なんか飲んじゃいない」

「それなら早く警察に連絡しておいた方がいいんじゃないですか」

圭太は脇に車を止めて若者の肩に手を掛け、揺さぶるようにして怒鳴った。

「うるさいんだよ、おまえがあんな所で飛び出してくるから悪いんじゃないか」

「そりゃあ僕は小走りで飛び出したかも知れない、でもあそこは交差点じゃないか、止まるのが常識だろう？　それをあんたが突っ込んできた。脇見運転をしていたから見えなかったんだろう。一時停止もしなかったし……、全面的にあんたが悪い。絶対にそうだ、警察に言ってやる」

「うるさい黙れ……、黙れ、黙れ」

圭太は、若者の首に両手で摑みかかり、夢中で絞めた。太い腕で力任せに、息が上がるほど何分も何分も絞め続けた。若者は狭い助手席でさほどの抵抗も出来ないまま、直ぐにぐったりとなってしまった。静かになった若者を差し込む街灯のかすかな光で見ると、ピクリとも動こうとしない。思わず肩に手を掛けて揺すってみたが、何の反応もない。鼻先に手を当ててみたが呼吸している様子が感じられない。

圭太は若者が死んでしまったことに気が付き愕然とした。やばい、どうしよう、何とかしなければ……そうは思っても、何も考えられない。ほんの五分ほどだろうか、呆然《ぼうぜん》としていたが、どこかに捨てなければとしか頭が回らない。やっと動いた圭太は、そのまま北へ向けて車をスタートさせた。中学時代にハイキングで行ったことのある津久井湖のダムの方へ向けて走った、そこしか思いつかなかった。やがて車は人里を離れ、山地に差し掛かり渓谷の辺りに入った。その渓谷に掛かっている橋の上から下を覗いたが、雨の中真っ暗で何も見えなかった。だが以前にこの場所を通りかかった時、下を覗いて渓谷が深いことは知っていた。圭太は、若者の死体を車から担ぎ出し、橋の欄干越しに谷底に落とした。辺りは真っ暗なうえに水の流れる大きな音で全ての音がかき消され、下まで確実に落ちたことの確認は出来なかった。

そして、それがかえって圭太にとって幸いしたのか……。後日の捜索で崖の途中の木に引っかかっていた遺体が発見されるまで、事件が発覚せずにいた原因になったのだ。下まで落ちて川に流されていれば、遺体は直ぐにでも見つけられ、もっと早く事件が解決したのかもしれない。

死体と所持品を始末し少し落ち着きを取り戻した圭太は、山地からの帰り道に、無い頭（皆がそう言うから本当なんだろう）で色々と考えを巡らした。なんとか事故を隠さねばならない。証拠の隠滅、そして目撃者の口封じ……、そんなことがぐるぐると頭の中を駆けめぐった。

彼は最近乗用車の盗難が多発していることを南町署の交通課で聞いていた。この凹んだ車は盗まれたことにして、今田建材の資材置き場の倉庫の奥に隠すことにしよう。後でどう処分するかは考えよう、あそこの鍵は脇の古いヒューム管の中に隠してあるはずだ。

そうだ、目撃者のあのオヤジだ、あの時は無我夢中だったが、たしかに中学の同級生の佐久間佐枝の父親だった。圭太はそれを改めて思い出した。あのオヤジは佐久間建設の社長なのに、地元の仲間である今田建材は少しも使ってくれないと英一はぼやいていたっけ。圭太は小学生の時代に友達と何度か佐枝の家に遊びに行きそのオヤジさんに顔を会わせていた。その時はやさしい小父さんだと思った。明日にでも佐久間の家を訪ねて、事故を知らなかったことにしてもらおうと考えた。

3

そして、圭太が供述した二件目の殺害事件……。

次の日、圭太は思い切って昼過ぎに佐久間邸を訪ねた。玄関でインターホンを何度押しても誰も出てこなかった。店に戻って手伝いを終えて、夜の七時過ぎに再度佐久間邸を訪ね、裏の駐車場に店の白い軽のワゴン車を乗り入れた。そこには佐久間社長の車だろうか濃紺のＢＭＷが止めてあった。圭太は空いていたその脇に、車を入れた。屋敷の中には灯りが点いていて、家の人の戻っていることが分かった。しかも車があるところから見て、この家の主は既に帰っているものと思った。圭太はエンジンを切ったが、気後れのため暫くそのままでいた。どう言って頼もうか考えをまとめようとして、車から降りる決心が付きかねていた。と、白い大きな車が一台入ってきてＢＭＷの車の向こう側に止まった。薄明かりで見るとベンツだった。その車から出てきたがっしりした体つきの初老の紳士が玄関の方に入っていった。ぐずぐずしていた圭太は、その客に先を越される形になってしまった。圭太は面食らったが、そのままその紳士が出てくるのを待つことにした。なにせ人に聞かれてはまずい話なのだ。三十分近く待ったのだろうか、その男は足早に出てくると大形《おおぎょう》にベンツのドアーを閉めて車を勢いよく発進させると駐車場から出ていった。十九時四十五分だった。

圭太はまた邪魔の入らないうちにと、心を決めて玄関に回りインターホンを押した。待つ間、心臓がドキドキと高鳴った。だがこの屋敷の佐久間修蔵は直ぐに出てきた。そして圭太を見て笑みを漏らしながら言った。

「なんだ君か、確か商店街の肉屋の息子さんだったね、今日は何だね？」

よし、機嫌は悪くないと、圭太は見て取った。

「一寸お願いがありまして……」

「そうか、玄関先で話も出来ないだろう、中に入りなさい」

修蔵は先に立って応接間に圭太を引き入れると、革の応接椅子に腰を降ろし圭太にも腰掛けるように促した。応接テーブルには先ほどの客のためだろうか、お茶の残った茶碗が二つ置かれていた。

「それで、頼み事ってなんだい？」

「実は、昨日の夜の事なんですけど……」

圭太が言いよどんでいると奥の部屋から電話のコール音が聞こえた。修蔵は圭太の話を手をかざして止め、立ちあがって部屋を出て行った。まもなく電話に出たのだろうか、開けっ放しのドアー向こうから話が聞こえた。

「佐枝か、忠好君と話したか？」

「そうか、早くこっちに戻っておいで、今もおまえの中学の時の同級生だった千田君、ほら商店街の真ん中辺りにある肉屋の……」

「そうそう、その彼が来ているんだよ」

それから声を落としたのか、電話の話は聞き取れなかった。やがて電話を終えて戻ってきた修蔵は椅子に掛けながら言った。

「佐枝も悪い男と一緒になったもので、苦労しているよ。君はまだ一人身か、そうか男は結婚は遅いほうがいいかも知れんな。ところで話は何かな……？」

「はい、昨日の夜の事故のことなんですけど……」

圭太はまたも躊躇《ためら》って、修蔵から目を反らした。

「夕べそこの角で、車が若者を跳ねたことかい？　運転していたのは君だったのか」

「そうです、小父さん……あの事故見なかったことにしてもらえませんか」

「どういうことかな？」

「まずいんです。俺交通安全委員ですし、人身事故だと免許停止になるでしょ、怖いんです」

「何だ、まだ警察に言ってないのか。『事故の報告は速やかに』だろう？　安全委員なら知ってるよね、それはいけないな。それで、あの若者はどうしたんだ」

「夕べ病院に連れて行きました。でも大した怪我じゃなかったんで、そのまま家に送りました」

圭太が下を向いたままぼそぼそと話している姿を見て、修蔵はすんなり信じる気にはなれなかった。

「本当かい？　警察に届けておかないと、保険が利かなくなるんだよ。後で厄介なことになるよ、治療費とか慰謝料とか結構な金額になるもんだ」

「……」

「君、まさか酒を飲んでいたんじゃないだろうな」

「いいえ、酒は飲んでないです。でも、……俺の車じゃないんです、無断で使用したんです。お願いです、事故は無かったことにして下さい。忘れて下さい」

「そうか、それはまずいな、だけど被害者のあの若者はどうする？　君は頬被りしてしまえば良いかも知れないけど、あのドスンっていう大きな音だ、若者は結構怪我をしているんじゃないのか」

「小父さんお願いします。俺の人生、これで終わりになっちゃう……。俺の将来が掛かっているんです」

「そんなことはないよ、まだまだこれからじゃないか。自分の為出《しで》かしたことは自分で後始末しなければ駄目だろう？」

「はい、分かってます。でも今度だけは見逃して下さい」

「いいや、悪いがそれは同意できないよ」

圭太の口調には、いらつき始めたことが伺えた。

「こんなにお願いしても……、駄目ですか？」

「駄目だな、私はそんなことに賛成出来ない、君に協力は出来ないな。警察に行くのは、そりゃあ今は辛いだろう。だけど、君自身の将来を考えてみなさい、今キチッとしておかないと後になってどんな厄介な事が降りかかってくるか……、想像もつかないようなことになるかも知れないよ。君が警察に届け出に行かないなら、私が行かなければならないのかも知れない、事故の目撃者としてね、大袈裟なようだけどこれも市民の義務の一つだろうからね」

「……」

圭太は下を向いたままだった。だが膝にのせられた右手の指は、細かく動き出していた。徐々に、徐々に腹が立ってきた。何か大きな重い物に押しつぶされてでもいるように、重圧感で息苦しくなって来た。

黙ったままでいる圭太を見ていた修蔵は、立ちあがるとサイドボードの方に寄っていった。そしてその上に置かれていた携帯電話に右手を置きながら、圭太に向かって促すように言った。

「さあ、勇気を出して、今キチッとすれば後は楽になるんだ」

圭太に目をやりながら摑んだ携帯電話を引き寄せた。と、そこに置いてあったバインダーが引っかかって、音を立てて床に落ちた。圭太はその音にギクリとして修蔵の方を見た。修蔵はかがみ込んで落ちたその回覧板のバインダーを左手で取ろうとしたが、もたついていた。右手を伸ばして掴んでいた携帯電話をサイドボードの上に置いた。両手で落ちた回覧板を摑もうとした。修蔵はその行為に集中していた。圭太の動きは見ていなかった。

圭太は、先ほどから頭の中がパニック状態になっていた。そして思考の中では現実からの逃避が始まっていた。右手の指が動く。ここでこの敵を抹殺しなければ……、ゲームの場面がちらつく。大きな音にビクっとして目を向けると、そこに敵が屈《かが》んで何かを取り上げようとしている姿がある……。ゲームオーバーは避けなければ……。

圭太は立ちあがるとサイドボードに近づいた。その上にあった重い物、大理石の置き時計を摑んだ。その間の圭太の動作は、まるでゲームを操作するかのように素早かった。ずっしりとした置き時計を摑むと、圭太の手は修蔵の後頭部に打ち下ろされた。迅速な動きだった。修蔵の身体は一撃で床に沈み込んだ。

圭太は床に顔を付けるようにへたり込んだ修蔵の姿を、放心状態で眺めていた。辺りに血が飛び散っていた。頑固おやじ、頭が固いんだよ。柔らかくしてやる……。圭太は大理石の時計を振り上げ、修蔵の頭に打ち下ろす、一振り・二振り・三振り……、頭蓋骨が砕け脳髄があたりに飛び散る……。なんだ、結構頭ん中は柔らかいじゃねえか。圭太の目はどんよりとしていた。まるで長い時間ゲームにはまりこんで、アドレナリンを使い切った時のように……。

暫くそのまま突っ立っていた。そして心臓の鼓動も落ち着き、正気を取り戻した圭太は凶器の時計を床の上に置くと、修蔵を抱え起こそうとした。修蔵の身体はずっしりと重かった。そのまま床の上に仰向けにして寝かせた修蔵の顔は、血で汚れて見難かった。目は見開いたままだ。

頭の中で一瞬閃いたものがあった。そろそろこのゲーム終わりにしなければ……、早くスイッチをＯＦＦにしよう……。そう閃くと圭太は重い修蔵を抱え、引きずって椅子に掛けさせた。割れた後頭部を下にして、頭を背もたれに置いた。圭太の手は血で汚れてしまった。部屋を出ると洗面所を探し、手を洗いタオルで手を拭きタオルに少し水を含ませた。応接室に戻りぬれたタオルで修蔵の顔の血の汚れを拭き取ると、また洗面所に行きタオルを濯《ゆす》いだ。そして洗面台の下の扉を開けて、中から畳んである乾いたタオルを一枚取り出した。圭太は応接室に入ろうとしてふと気が付いて居間に向かい、電話機を見つけた。そこには今掛かってきた相手の着信番号が記録されていた。受話器を取り上げると、再信のボタンを押した。コール音が響く。

「はい、富永です」

「……」

「富永ですけど……、どちら様ですか？」

「千田です、俺、千田圭太、覚えている？」

「千田君？　中学の時一緒のクラスだった圭太君ね。どうしたの急に……、そう言えばさっき父に電話したら、あなたが来ているって言ってたわね」

「そうなんだ、俺、今まだ佐久間の家にいるんだ。佐枝、おまえ最近小父さんに会っているかい？」

「電話でたまに話すだけだわ。暫く会ってないけど、何で……」

「小父さん、おまえのこと心配しているぞ。そのことなんだけど、内緒で一寸相談したいことがあるんだ。これから会わないか？。俺、今そっちへ迎えに行くからさ、住所を教えてくれないか」

「急に父の所へ行ったりして、何かあったの？」

「会ってからゆっくり話すよ、二、三十分でそっちに着くからさ」

　電話を切ると、圭太はまた応接間に戻った。床の上に置いてあった時計を跨いで、部屋の中へ入り、あたりをジッと見回した。この部屋に入ってからの自分の行動をゆっくりと思い返した。あちこち触れた箇所の記憶を辿った。持ってきたタオルで自分の触れたと思われる箇所の指紋は全て拭き取った。余計な物まで拭き取るとかえってまずい、先ほど来ていた紳士の触れたところは極力残して置きたかった。修蔵の遺体の回りに飛び散った物はそのままにして、床の上に置いてあった大理石の時計を摑み上げた。それをタオルにくるむと、再度念を押すように部屋の中をジッと見回した。拭き残しのないことを確認すると、灯りをつけたまま部屋を出た。玄関ドアーのノブは拭いた。拭きながら思った、殺すなら手袋をしてくれればよかった……。駐車場まで戻るとそのまま車に乗り込んだ。辺りを窺い誰もいないことを確認してから、慌ただしく車を発進させて佐久間邸を後にした。二十時十分だった。

4

圭太が供述した三件目の殺害……。

圭太は佐枝から電話で聞いた住所の近くまで行くと、携帯電話で佐枝に連絡を入れアパートの外に呼び出した。取りあえず出てきた佐枝は、その訳を問い質したいような顔つきをした。だが圭太は有無を言わせず軽のワゴンの助手席に早く乗るようにせかせた。そして直ぐに車を発進させ、正面を向いたまま無言で運転を続けていた。ただひたすら北に向かって車を走らせる圭太に、佐枝は不安げな様子でなぜ呼び出したのか、どんな話なのか何度も質問した。にもかかわらず返事をしない圭太に、佐枝は苛立った。だが圭太はそれどころではなかった。オヤジを殴り殺してしまったことが……、あの時俺があの場所に居たことが、直ぐにばれてしまう。なんであんな時に佐枝のやつは電話なんかしてきたんだ。この女が居る限り、俺は死刑なんだ。

「圭太君は昔からそうだったわね。都合が悪くなるとそうやって貝みたいに口を閉ざして黙《だんま》りをきめこんじゃうんだから。中学二年だったか、幸ちゃんを虐めたときもそうだった。私がどうして幸ちゃんばかり虐めるのって、詰め寄ったときもそうやって何にも言わなくなっちゃって……」

圭太は中学の頃から佐枝が苦手だった。当時の佐枝は優等生振《ぶ》って、人の弱みや失敗を容赦なく言い立てる正義漢の強い生徒だった。今もまたあの頃と同じように言い続ける佐枝を見て、圭太は思わず逃げ出したくなった。だが今は中学の時のようには逃げ出すわけにはいかないのだと自分に言い聞かせた。佐枝がいる限り、俺は警察に捕まって死刑になってしまう、佐枝は俺の悪いことを皆知っているんだ。圭太の気持ちは追いつめられていった。なおも際限なく喋り続ける佐枝を横目で見て、ブレーキペダルを強く踏んだ。

「このやろう、少し黙ってろ」

圭太は左手で佐枝の頭に手を掛け、髪を摑んでダッシュボードに顔を押しつけた。

「何するの、乱暴はよしなさい。圭太君やめなさい」

そうやって何時も俺を見下して叱りつけるんだから、人を馬鹿にしやがって。圭太は佐枝の顔をダッシュボードに二度、三度と叩きつけた。余りにも強烈な驚きとショックでぐったりした佐枝の首を、圭太は両手で力一杯絞め続けた。渾身の力で絞め続ける腕が痙攣を起こしそうになると、圭太はやっと佐枝の首から手をはなした。しばらくの間そのまま気が抜けたようにぼーっとしていた。荒い呼吸が治まってくると、冷静さを取り戻した圭太は佐枝を見た。佐枝はぐったりとなったまま、まるきり動く気配がなかった。また絞めてしまった、殺してしまったのかと覚りながらも、既に三人目……。あの津島を絞め続けたときに比べて、今の心には嘘のように動揺がなかった。そして余裕を持って、事後処理を考えることが出来た。そうだ、佐久間の家にはあのくそ生意気な卓也がいた。アイツに罪をなすりつけてやろう、それが一番だ。あの佐久間の頑固オヤジの死骸は直ぐに見つかる、だからこの佐枝の遺体も、発見されやすいようにその辺りに放り出しておこう。圭太は、佐枝の持っていたサイフとアパートの鍵を取りあげると、遺体を助手席から引きずり出して草むらに放り込んだ。そしてこの連続殺人事件の捜査の目を卓也に向けるための細工を考えていた。

車に戻りゆっくりと発進させた圭太は、川沿いの道に出ると辺りを見回し位置を確かめ目印を探した。そこは相模川の河川敷の途中で、暗い夜のこと川のこちら側にはこれと言って目印になるような物は見当たらなかった。だが、対岸のちょうど正面辺りに工場らしい小さなビルがあり、その屋上にN製作所と書かれた看板がライトアップされていた。

早速、圭太は幹線道路まで出て、急いで佐久間邸に引き返した。証拠品としてでっち上げるために、卓也の持ち物を何か手に入れるつもりだった。だが、これと言って特にあてがあった訳ではなかった。

二十一時四十五分、佐久間邸に着いた圭太は駐車場に車を止めて一頻《ひとしき》り考えていた。何をどうやって利用しようか。子供の頃の卓也の部屋だった場所は今でも覚えている。小学生の時、何度か佐枝のところに数人で遊びに来た時に見ていたのだ。あの時の卓也は小学二年だというのに生意気にも佐枝の部屋の隣に自分の部屋を持っていた。その羨ましい二階の部屋を今でも忘れていない。

あの部屋に忍び込んで、証拠になるようなものを何か取ってこよう、と圭太は考えた。アイツがタバコを吸うなら、その吸い殻を現場に落としておくのも悪くない……、ＴＶの刑事ドラマを思い出していた。三年前に卓也がこの家から出たことを知らなかった、今もここに住んでいると思いこんでいた。

圭太は、そのまま屋敷内に入ることを躊躇した。修蔵の遺体をそのままにして自分が佐久間邸を出たあと、誰かがあの現場に入らなかったとは言い切れないと思った。だとしたら、その者はまだ屋敷内にいるかも知れない、このままのこのこと家に上がり込むのは非常に危険なことだ、と灯りの点けっぱなしになっている屋敷内の様子に聞き耳を立てていた。そんなことを考えていると、予想外に好都合なことが起きた。

突然駐車場に入ってきた車のライトが、辺り一帯を照らした。車内にいた圭太は、思わず身体を縮め助手席に倒れ込んで隠れた。駐車場の隅にそのダークグレーの車が止まり、若者らしい男が車から出ると急いで玄関方面に向かって行った。屋敷から漏れる薄明かりで見ると、それは卓也に間違いなかった。あいつスバルのフォレスターなんかに乗ってやがる、様子を盗み見ていた圭太には、卓也が車のドアーを施錠しなかったように見えた。車のポケットに乗せてあった仕事用のゴム手袋をはめてそっと車から出て、辺りを窺いながら卓也の車に近づいた。ドアーの取っ手を引くと、すんなりと開いてくれた。案の定、卓也は鍵を掛けてなかったのだ。急いで車の中に滑り込んでドアーをそっと閉めた。灰皿を引き抜くと吸い殻が一杯に詰まっていた。その中から二本の吸い殻を引き抜いてハンカチに包みポケットにしまい込んだ。そしてシート脇の収納ボックスの中を物色して、使い捨てライターとガソリンスタンドの領収書を抜き取った。佐枝の遺体から奪っておいたサイフを、ダッシュボードのポケットの下の方に隠した。さらに遺体から抜いてきた佐枝の髪の毛数本を助手席のシートに擦りつけておいた。

圭太が作業を終了しかけた時、先ほど家の中に入っていった卓也が死体を発見したのか、大声で電話をしているのが微かに聞き取れた。直ぐにも警察が駆けつけると思い、急いで卓也の車から飛び出した。軽ワゴンに駆け込むと慌て気味に佐久間邸を出た。暫く車を走らせると、遠くからパトカーのサイレンが聞こえてきた。そのまま車を飛ばした圭太は、その足で相模川まで車を向けた。辺り一帯が暗いとはいえ、先ほど佐枝の遺体を放りだした場所は工場の看板で直ぐに分かった。そして草むらに入って、遺体の下に卓也のガソリンスタンドの領収書を挟み込んだ。

圭太は河川敷をあとにすると、佐枝のアパートに向かった。少し離れた場所に車を止めてアパートの方を伺うと、アパートの前にブルーの小型乗用車が止めてあった。漏れて来る微かな光を頼りに見ると、その車内には人がいる気配がした。目を懲らしてじっくりとよく観察して、若い二人が車内にいるのを確認した。圭太は車から出る訳にはいかなかった。そして十分待ち二十分が過ぎてもその車は一向に動く気配はなかった。どうやらデートの帰りに車内で二人が語りあっているように見えた。その車がそのまま何時間でも、朝まででもいるように思えた圭太は、そのまま立ち去った。これでその日の全てが終了、二十二時四十分だった。

そして翌日の夜十時過ぎ、圭太は佐枝のアパートから少し離れた場所に、前夜同様に車を止めた。その夜は邪魔者はいなかった。辺りの様子を窺いながら佐枝の部屋に忍び寄ると、佐枝のポケットから抜き取っておいた鍵で部屋に侵入した。部屋の灯りは点けずに外から差し込む光で部屋の中を見回し、ダイニングに入った。佐枝が慌てて出て行った様子のテーブルには灰皿が置いていなかった。部屋のあちこちを見て回り、灰皿を探した。隣の畳敷きの部屋でやっと灰皿を見つけると、卓也の車から抜いた吸い殻をその灰皿に入れライターと一緒にテーブルの上に置いた。少しの間部屋の中を見回していたが、彼は直ぐにアパートを出て車に戻った。

いや出来ればもう一つ、今使った佐枝の部屋の鍵を、卓也の車に入れておきたいと思うと、彼はそのまま一気に佐久間邸に向かった。そして佐久間邸に近づくと迂闊には近寄れないことに気付いた。今夜も警察が警戒しているかも知れないのだ。

佐久間邸の直ぐ横を素通りすると、案の定現場付近にはパトカーや警察の車らしいものが止まっていた。それを確認した圭太はそのまま一旦自宅へ帰り、二時間程ずらした午前一時過ぎにもう一度佐久間邸の付近まで行ってみた。すでに付近にはパトカーは見当たらず、警察の車らしい乗用車もなかった。だが佐久間邸に近づいた圭太の心臓は、バクバクと早鐘を打つように高鳴った。それ以上近づくことに大きな危険を感じた彼は、そのまま別方向にハンドルを切り逃げるようにして自宅に戻った。その時の恐怖感が頭の中に残り、その後は一切佐久間邸方面には近づかなかった。

以上が千田圭太が述べた、佐久間修蔵と富永佐枝殺害に関する供述の内容だった。

圭太の供述した四件目の殺害……。

圭太の供述はまだ続いた。四人目を殺害したこと、すなわち富永忠好殺害事件についてが残されていた。これこそ本当に何の関係もない人物を、いとも簡単に殺害したことになる。何の意味もない殺人……。圭太にすれば自分の身代わりになって焼身自殺をしてくれるのであれば、誰でもいいことだった。犯人に仕立てあげる者は、佐久間修蔵とその娘の佐枝という二人を殺す動機さえ持っていればそれで充分だった。佐枝殺害に関しては、卓也に罪を着せようとして証拠品を現場に置いたりした。

交通委員をしている圭太は、南町署の交通課に普段から度々出入りをしていた。暇を見つけては五時過ぎに署に顔を出し雑談に加わったりしていた。そして時には差し入れを持参したり……。その南町署に自分がやった事件の捜査本部が置かれることになった。この地域では殺人事件など珍しいことで、しかもその被害者が地元の資産家だった。そんなことで署内でも佐久間家に関する事件は好奇の的だった。常にその捜査の動きは噂の種だったから、捜査本部の大まかな動きは殆どの署内の者が知っていた。もちろん、いくら署内の警察官とは言え捜査の細かな動きは知らされていないし、分かる訳はないのは当然だが……。誰が任意で引っ張られ、何時帰されたとか、誰それは容疑者リストから外されたとか……そのあたりの捜査状況を、圭太は交通課を通して噂話として漏れ聞いていた。だから、佐久間卓也が帰されて、容疑者リストから外されたようだという噂話は、次の日の十三日には圭太の知るところとなった。そのことで圭太は少なからず動揺した。そろそろ捜査本部では自分を容疑者リストに加えるんではないかという恐怖に戦《おのの》いたのだ。そして急遽、佐枝とトラブっていた夫の富永忠好に、犯人役を負わせることを思い付いた。

圭太は佐久間修蔵の仕事上のトラブルなどは知らない。だから捜査本部で佐久間建設がらみの容疑者を追っていたことは知るよしもなかった。従って圭太が画策した方向はかえって捜査の方向を仕事絡みから離れさせることになってしまった。その結果として、捜査の範囲を狭めることになってしまったと言える。だが捜査本部は、圭太の思惑にまんまと嵌《はま》った。

佐枝の不詳の夫、富永忠好のことは町の噂で聞いていた。修蔵の葬儀に出席出来なかった佐枝とその夫の噂話は、店の近くにある喫茶店『ｃａｆｅ　ロートレック』に集まる中年女性たちの格好の話題だった。そこでは修蔵の殺害された当初、親を見捨てて出て行った佐枝への風辺りは強かった。だがその佐枝も死んでしまった後、非難の的は女にだらしのない忠好に集まっていた。その悪役の忠好は佐久間の遺産も狙っているに違いないと噂されていた。

噂ではご丁寧にも忠好の屯《たむろ》しているクラブの名前と場所まで指摘されていた。なんでも仲間内の商店主が会合の後その店に行ったことがあるということだった。

富永忠好という男は、罪を被って貰うにはもってこいのキャラクターだった。圭太にとって、彼以外には一連の事件の犯人として適任者はいないように思えた。そして圭太は修蔵の告別式に顔を出した富永を見ていた。当日式に参列した近所の主婦たちのうるさい目から、富永は逃れられなかった。たちまちのうちにその情報は式場を駆けめぐった。図々しいったらありゃしない、よくまあ顔を出せたものだわ。いけしゃあしゃあとして。そんなオバさんたちの声が圭太の耳にも届いたのだ。圭太は式の間中、佐枝の悪い夫を興味をもって観察していた。

二十日の晩、圭太は噂のスナックに出向いて富永に会った。富永は既に佐枝の死の経緯を警察から知らされていた。と言うより刑事から容疑者の一人として、十一日に事情聴取をうけていたのだ。だから佐枝の幼なじみで佐久間家の資産について話をちらつかせた圭太の言葉に、富永は直ぐにのってきた。事件の詳しい内容や転がり込んで来そうな遺産の分け前について、何処から仕込んできたのか良く知っている口ぶりだった。富永は双方の事件で警察から容疑者として扱われ、繰り返し尋問されていた。当然その事件に関しては興味があった。しかも佐枝とは離婚を済ませていないので、佐久間家の遺産の半分は転がり込んでくることになる。その辺りの情報を聞きたがっていた富永の気持ちを、圭太は上手く捉《とら》えたことになる。だが仕事場ではリサの目が光っていた。リサに知られたらまた何を言われるか知れたものではない、それでなくてもリサは佐久間から取れるだけ取れとけしかけているのだ。富永は店が終わった後に外で会うことを望んで、皆に知られないように圭太を追い返すように店から出した。

圭太は路上駐車の列の中に今田建材の資材置き場から持ち出した黒のミニバンを止めて、そのまま待っていた。富永は二十三時四十分に現れ、すんなり圭太の車に乗り込んだ。駐車の列から離れて北に向かう圭太に、富永は話を急かせた。圭太は修蔵殺害事件の概要と警察の捜査の経過を話して聞かせながら、ブルーマウンテンだからと保温ポットのコーヒーを富永に勧め自分も口を付けた。圭太は車で跳ねた学生や佐枝の時とは違って、富永を簡単に絞殺することはしなかった。そのコーヒーには睡眠薬が入れてあった。この先に落ち着いて話の出来る深夜レストランがあるからと、西に向けて車を走らせた。かすかに暖房を効かせた車内に富永は眠気を催し、たちまち深い眠りに引きずり込まれた。

佐枝の遺体を置いた場所から五〇〇メートルほど離れた河川敷に車を止め、富永が寝込んでいるのを確認した圭太は、富永の身体を少しずつ引っ張り、自分が降りた運転席に移動させた。助手席にはバッグに入れた置き時計を転がし、富永のズボンのポケットに佐枝から奪ったアパートの鍵を忍ばせた。そして車内に灯油を撒き、灯油を含ませた新聞紙に火を付け車ごと燃やしてしまった。
暫くは燃え上がる車を遠くに離れて眺めていたが、徐々に野次馬が集まって来だし消防車やパトカーが近づく音を確認して、その場から立ち去った。用心深く一時間ほど歩いて、二駅ばかり離れた駅近辺まで行ってタクシーを拾い、途中タクシーを乗り継いで自宅付近まで戻った。

以上、圭太が四件の事件についての全容を話し終えたのは十八時を少し回った頃だった。余りにもにも狂気に満ちた圭太の暴走に、取り調べに当たった刑事たちは驚きを隠せなかった。
南町署では千田圭太の自供により、直ちに車両の窃盗と交通事故届け義務違反の件で逮捕状を請求した。十月三十一日・十八時三十分だった。引き起こした人身事故の件並びに被害者津島道夫殺害の容疑や佐久間修蔵殺害のことは、県警一課がじっくり攻め証拠固めをしてから起訴状を作成し検察庁へ提出する方針だった。そのあと、南町署から座間署へ圭太の身柄を引き渡すことになる。それを受けて捜査本部では、富永佐枝殺害並びに死体遺棄、そして富永忠好殺害二件の事件それぞれの起訴状を作成するため、入念に尋問が繰り返されることになる。一連の捜査が全て終了するには、数ヶ月の時間を要することになるだろう。

取調室から担当の刑事が出るのを待っていたかのように、南町署の署長の挨拶が捜査本部であった。その晩の合同捜査本部はわき立った。連続四件に及ぶ稀に見る凶悪犯罪が、発生から僅か三週間という短期間で解決したことへの満足感に皆が浸っていた。一つ一つの事件に関してそれぞれの裏付けをする仕事がまだ残されてはいるが、被疑者確定とばかりに勝ち誇っていた。捜査員の銘々が捜査過程を大声で自慢し苦労話をし合っていた。

取調室から出てきた者も含めた南町署の刑事たちも、部屋の片側にかたまって同席していた。その中には守口警部補もいた。所轄の刑事たちが独自に捜査出来るのはそこまでだった。車両による人身事故を引き起こした者が、事故の報告義務を怠った。そして被害者と見られる者を連れ去って何処かに隠蔽した。そのあとは殺人事件ということになり捜査一課の役割となる。南町署の刑事たちの活躍は終了なのだ。

事件の解決は車両事故の捜査から始まって、『一寸気になることが』の佐久間卓也のメモによることは南町署の者たちは皆が承知していた。だが、課長を始め誰もがそのことは口には出さなかった。

片腹痛い思いで署長の挨拶を聞いていた守口は、苦笑を押し殺しながらじっと耐えていた。卓也に連絡を入れようと、早く席を立ちたい気持ちに駆られていた。

この事件の解決は捜査一課の努力によるもので、一民間人の佐久間なにがしには一切関係がない。そう、金一封どころか、一片の感謝状さえあてにならない……、なにしろ卓也は、容疑者の一人だったのだから……。

次の日十一月一日（月）の朝刊では各紙とも大見出しで千田圭太の逮捕を掲載していた。その内容は、前日の午後七時半から神奈川県警本部で行われた記者会見によるものだった。

本部長からの発表によると、去る十月六日（水）に発生した佐久間建設の社長である佐久間修蔵氏を殺害した事件と、佐久間氏の長女夫婦である富永佐枝・富永忠好の両人殺害事件の容疑者を逮捕したとあった。これらの連続事件の犯人として、捜査本部では数日前から取り調べ中の千田圭太（29）を二十七日午後六時をもって逮捕に踏み切った。今回の難解な連続殺人事件が見事スピーディーな解決の運びとなったのは、かねてより探索中だったひき逃げ事件の犯人として千田が浮かび上がったことによる。さらに千田の自供により、その事故の被害者である津島道夫さん（19）を殺害し死体を遺棄したことが明らかになった、とあった。

一日（月）、どんよりとした朝、九時から圭太を同行させ、津島道夫の死体を遺棄したと供述している場所へ向かった。そしてまだ発見されていない被害者津島道夫の遺体の捜索が行われた。

その渓谷は相模川上流の津久井湖の一端で、圭太が遺体を処理した山中の橋は直ぐに判明した。圭太が記憶を辿って指摘した、投げ落としたというあたりから下を覗いてみた。その場所は橋の中央付近に位置してはいたが、渓流は片端に寄っているため丁度その真下はせり出した崖になっていた。当夜、圭太の一連の行動は暗闇のなかでのことだったため、下が見えないまま橋の真ん中から投げ捨てたのだろう。捜索にかり出された機動隊員たちは、脇道を辿ってその崖あたりまで降り、あたり一帯を捜索した。捜索開始から三十分も経った頃、崖の下部に近いあたりで、木に引っかかっていた遺体が発見された。その足場の最悪な場所で遺体の収容作業が行われ、ロープで橋の上に引き上げられたのは発見後一時間ほど経過してからだった。落とされた時あちこちに引っかかりぶつかったのだろうか、遺体の損傷は酷い状態だった。さらに死後二十五日以上にもなるため、一部白骨化した遺体からの腐敗臭が辺り一帯に漂っていた。この遺体の発見により圭太の第一番目の犯行が裏付けられたことになる。捜査本部では直ちに津島道夫殺人及び死体遺棄の容疑で、千田圭太の再逮捕状を請求した。

外は昼過ぎに冷たい雨に変わり、しとしとと降る秋の雨が降り続いている。

前日に続き本部長の記者会見が行われた。千田圭太を車両窃盗から引き起こした人身事故の件並びにその被害者の殺害・死体遺棄の件で、一件目の殺人として書類送検に踏み切ったとあった。続いて佐久間修蔵の殺害の件、富永佐枝殺害並びに死体遺棄の件、そして富永忠好殺害及び遺体焼却の件と立証を重ね、それぞれの事件で千田を再逮捕していく方針であるとの談話であった。そして本部長の話はまだ続いた。

今回の悲惨な連続事件は、犯人千田圭太の常軌を逸した独りよがりな犯行で次々と行われた。従って検察側ではその狂気とも思える加害者の精神鑑定を行う手続きを取ることにした……、と述べていた。

犯人とは何の関わりもない佐久間家の悲劇は言うに耐え難いほどの悲しみがある模様で、我々警察関係者も深くご同情申し上げる次第です。だがそれも事件の短期解決によって多少は救われることと思われます。佐久間家にただ一人残された遺族の知美さん（22）には、我々警察から犯人逮捕を告げました。知美さんは報告に訪れた刑事たちと、父と姉の霊前に犯人逮捕の経過を知らせ冥福を祈っていた……、と担当官から報告を受けています、と締め括った。

一日の夜七時、守口警部補から卓也の携帯に連絡が入った。卓也はそれを会社の玄関口で受けた。丁度、竹原と二人で会社を出るところだったのだ。犯人逮捕・事件解決の話を長々と聞かされた卓也は、雨の中をそのまま駅に向かう気にはなれず、近くのティールームに立ち寄った。窓際の席に着くと、守口からの電話の内容を、一つ一つ噛みしめるようにして竹原に伝えた。途中で言葉を挟まれることもなく、淡々と話し終えた卓也は、タバコを取り出して火をつけた。暫く無言のままでいたが、急に思いついたとでも言うように、タバコを灰皿に強く揉み付けた。

「タバコは止めよう、また犯人にでっちあげられると困るからね」

そして、あらたまったように、竹原に真剣な目を向けた。

「僕ね、近いうちにマンションの部屋を引き払って、佐久間の家に戻ろうかと思っているんだ」

「そうね、それが良いかもしれない。和代さんがいてくれるんでしょうけど、家の中に男の人がいないと知美さんも何かと心細いでしょうし……。卓也さんでも少しは頼れるかも知れないわね」

「おやおや、少しは……か、まあそうかもしれないいな。だけどね、修蔵伯父さん、父さんは孤児《みなしご》になった僕を引き取って、自分の子供のように育ててくれたんだ。知美は今、親も姉妹もない一人ぼっちになってしまった。僕はそんな彼女のために、これから先出来るだけのことをしてあげなければいけない。父さんが僕にしてくれたようにね。今度は僕の番なのさ。それとね、落ち着いたら、今の会社を辞めようかとも思っている」

「何時かそう言い出すんじゃないかと思ってたわ。佐久間建設に行くんでしょ、でも卓也さんがいなくなると、西島建設も寂しくなるわね」

「どうして……？　知美だって何時かは誰かと……じゃないか、北村君と結婚するかもしれないだろう。そしたら、僕はまたひとりぼっちになってしまうんだぜ。竹原さんは今までどおり、ずーっと僕の面倒を見てくれるんじゃないの？　それとも、今まで僕をあれこれ援助してくれていたのは、係長に言われたからだったのかい？」

「そんなことないわ、絶対に……。そうね、しょうがないわね。この我が儘坊主、これからも面倒みてやるかな」

卓也は竹原の顔がはっきり見えなくなりそうで、思わず目をそらした。ガラス越しに見る外は、秋の柔らかな雨が降り続いていた。

「明日は晴れてくれるかな……」

完

著者プロフィール

椎葉　乙虫（しいば・おとむ）

1942年満州に生まれ、横浜で少年期を過ごす。
その後、栃木、埼玉、大阪を点々とし、現在は伊豆に在住。
2004年に創作ミステリーを描き始める。
著書：『短編ミステリー集　冬隣』（2013年、青山ライフ出版）
　　『絡みつく疑惑』（2014年、青山ライフ出版）

十月《じゅうがつ》の悲雨《ひさめ》

発　行　2016年7月20日

著　者　椎葉　乙虫

発行所　ブックウェイ　Book Way
〒670-0933　兵庫県姫路市平野町62
TEL 079（222）5372　FAX 079（223）3523
http://bookway.jp

印刷所　小野高速印刷株式会社

編集・本文デザイン　オフィス・ミュー
http://shuppan-myu.com

ISBN978-4-86584-153-4